Damir Karakaš
Erinnerung an den Wald

DAMIR KARAKAŠ

ERINNERUNG
AN DEN
WALD

ROMAN

Aus dem Kroatischen von Klaus Detlef Olof

TransferBibliothek
FolioVerlag

Der Weg

Ich liege auf dem Bett und horche; die Wände des Holzhauses sind mit alten Zeitungen abgedichtet, aber der Wind findet immer neue Ritzen: er bläst und bewegt die Schatten im Zimmer. Später ist helles Klirren zu hören: da lässt mein Vater das Vieh von der Kette. Als ich mich auf die Schnelle anziehe und hinauslaufe, ist unsere Kuh Suza schon aus dem Hof: hinter ihr Šarava, Lozonja, Peronja; alle zusammen stapfen wir den schrägen Hang hinauf zum Wald. Suza kennt den Weg gut, und die anderen folgen ihr im gleichen Trott: über grünes Gras, hohes, niedriges, gemähtes; das Laub bleibt an ihren Hufen kleben. Da kommt Medo aus dem grünen Dickicht angerannt. Ich kraule ihn zwischen den Ohren, ziehe ihn glücklich am Schwanz und mache den Rindern nach lange Schritte; ich schreite aus und treffe wenig später auf der Wiese, die den Wald teilt, meine Freunde: der eine heißt Pejo, der andere Nenad. In der letzten Zeit geht auch Mali mit uns; er ist erst diesen Herbst in die Schule gekommen, er hat nur eine Kuh, deswegen müssen wir auch auf ihn und seine Kuh aufpassen. Manchmal kommt auch Biba mit ihren Schafen: sie legt sich in den Schatten, liest „geschriebene Romane" und tut so, als würden wir nicht existieren; wir tun so, als würde sie nicht existieren. Wir haben unsere Sachen unter einen Busch gelegt, die Ärmel aufgekrempelt: wie gestern messen wir uns im Steinestoßen von der Schulter. Pejo und Nenad haben schon gestoßen, jetzt ist die Reihe an mir. Ich bücke mich, nehme einen Stein und sehe Bibas Opa Mile; er steht da mit dem Jagdgewehr auf der Schulter und sieht mit stierem Blick zu mir her: die Stille hat sich in den Lauf seines Gewehrs verkrochen. Ich atme tief ein, mache ein paar schnelle Schritte, und die Wut schlägt aus dem heftigen Zucken meines Arms; ich stoße den Stein und stelle mir vor, dass er direkt auf Opa Mile zufliegt: der Stein fliegt und nimmt die Blicke mit sich. Nenad ist schon bei ihm und ruft: „Ich Gold, Pejo Silber, du Bronze!" Wütend, weil ich mir von diesem Stoß viel erwartet habe, denke ich, wenigstens bin ich besser als Opa Mile. Und als würde er meine Gedanken lesen, grinst er und sagt, dass ich noch viel Polenta essen muss.

Einmal, als wir erst angefangen hatten, das Vieh im Wald zu hüten, fragte er uns, ob wir Honig essen wollten. Wir antworteten einstimmig, ja gern, dann führte er uns zu einem ausgehöhlten Erdloch; darüber spannte sich eine weiße Membrane. Er sagte: „Greift zu und esst nach Herzenslust." Er ging in das nahe Gehölz und rief uns von dort noch zu: „Lasst noch was für morgen übrig!" Wir knieten uns sofort ungeduldig um das Loch, beugten die Köpfe drüber und begannen mit beiden Händen die Membrane abzustreifen. Dann sprangen wir jäh auf; landeten auf den Füßen wie bei dem russischen Tanz. Im Wegrennen suchte unser Blick den Waldrand. Wir flüchteten im Zickzack. Fielen hin, standen

auf; die Wespen sirrten hartnäckig hinter uns her. Schließlich erreichten wir den dichten Wald und waren gerettet, und Opa Mile hielt sich die ganze Zeit den Bauch vor Lachen. Mich hatten zwei Wespen gestochen: in den Nacken und ins Gesicht, aber ich fand rasch zwei kühle Steine, legte sie auf die geschwollenen Stellen; Nenad hatte eine gestochen, Pejo keine. Als ich das zu Hause Baka erzählte, ging sie sofort raus in den Hof. Sie rief: „Wenn er die Pest hätte, würde dieser Mensch von Haus zu Haus gehen und den Leuten auf die Klinke spucken!" Sie sagte, dass ich mich nie mehr einem Wespennest nähern darf, denn wenn mich eine in die Zunge sticht, schwillt sie an, und ich muss ersticken.

Seither, wann immer wir im Wald auf so ein mit einer weißen Membrane bedecktes Loch stoßen, sammeln wir trockenes Gras, Laub, Heu, werfen es hinein und zünden es rasch an. Dann flüchten wir an den Waldrand. Wir legen uns auf die Erde und pressen die Ohren an unsichtbare Gleise. Es klingt, als würden tief unter der Erde schwere Lastwagen durchfahren.

Ballspiele

Fußball spielen wir auf der Straße; wir passen auf, dass mein Vater nicht in der Nähe ist: fünf Gummibälle hat er uns schon zerstochen. Vor ein paar Tagen ist er auf dem Feld mit der Mistgabel auf einen Kürbis losgegangen: er hatte ihn für einen Ball gehalten. Auch meine Mutter mag nicht, wenn ich dem Ball nachrenne, aber sie sagt nur leise zu mir: „Mach dich nicht sinnlos müde." Vater hasst auch Fußballübertragungen; wenn es ein wichtiges Spiel gibt, halte ich das Fieberthermometer über den glühend heißen Herd, stecke es schnell unter die Achsel, lege mich ins Bett und tue so, als hätte ich hohes Fieber.

Aber kaum treibt Vater wütend das Vieh in den Wald, laufe ich zu Opa Pave; er lebt in einem Häuschen am Ende des Dorfs. Er war ein guter Freund von meinem Opa; sie beide haben Karten gespielt, Spaziergänge gemacht, sich im Gespräch oft gegenseitig überschrien. Mein Opa hat das ganze Leben in Tunneln als Sprengmeister gearbeitet und ist von diesen Minen halb taub geworden: deshalb sprach er lauter, weil er glaubte, dass ihn niemand gut hört. An dem Tag, als ich aus dem Krankenhaus in Rijeka zurückkam, weil Vater mich nicht hatte operieren lassen, hat mich Opa weinend umarmt. Einmal, als er und Baka allein im Zimmer

waren, sagte er: „Was soll der Arme machen, wenn er doch behindert ist." Wegen dieses Wortes *behindert* habe ich drei Tage lang nicht mit ihm gesprochen, er glaubte, ich wäre schlechter Laune, weil ich in der Schule eine schlechte Note gekriegt hätte; mein Großvater sah mir immer heimlich nach. Mit einem Gesichtsausdruck voller Schmerz. Seine Augen waren groß und blau, sein Mund zu einem schmalen Strich zusammengepresst, als würde er um mich und sich selbst Schmerzen leiden; einmal habe ich zu ihm gesagt, dass mir nichts wehtue; er sagte nichts darauf, dafür sagte Großmutter statt seiner: „Was sollte dir, liebes Kind, denn wehtun?" Aber Großvater tat es sehr weh. Opa Pave sagt, dass niemand so viele Schmerzen ertragen habe wie Großvater. Dass er, als er gesehen habe, dass mein Großvater litt und der Tod ihn nicht wollte, alles gegeben hätte, dass er sich eines Tages nur ins Gras legte. Von ihm habe ich auch erfahren, dass Großvater jahrelang eine Schnur mit einer leeren Gulaschdose um die Mitte gebunden hatte; in diese Blechdose hielt er seinen Pischer, um nicht in die Unterhose zu pischen. Er und Großmutter hatten geheiratet, als sie fünfzehn und er siebzehn war, sie bekamen drei Kinder: meinen Vater und zwei Tanten, die schon lange in Slawonien leben, aber wegen Vater fast nie kommen. Opa Pave hat nie geheiratet: er hat keine Kinder, er hat keine Familie, er hat niemanden, er hat nur ein paar Hühner und ein Transistorgerät; wenn das Spiel beginnt, schaltet er es ein und zieht langsam eine lange Antenne heraus; nach dem Spiel erzählt er mir von berühmten Spielern von Dinamo: am meisten mochte er Dražan

Jerković. Er mochte ihn, sagt er, weil er eine Torfabrik war und weil er nie geheiratet hat.

Eine Zeit lang wollte ich auch Fußballspieler werden. In der Schule habe ich gut gespielt, aber ich verzichtete darauf, als mir klar wurde, dass Schildkröte, der beste Spieler aus unserem Dorf, im Klub aus dem Städtchen nur Reserve ist. Das ist die unterste Liga, wo der Erste nicht aufsteigen kann, weil er kein Geld hat, und der Letzte nicht absteigt, weil es nichts zum Absteigen gibt. Ich weiß nicht, ob ich überhaupt ein ärztliches Attest bekäme: das ist für alle verpflichtend, Pioniere, Junioren, Senioren: ohne dieses Attest kann sich keiner in einen Klub einschreiben. Schildkröte hat dieses Attest schon lange, mein Vetter aus Senj, der für die Junioren von Nehaj spielt, hat es auch. Darin steht: tauglich. Ich würde dieses Attest gern haben, gesund sein wie Schildkröte, wie er im Klub aus dem Städtchen spielen; dort haben sie ihm auch den Namen Schildkröte verpasst: alle nennen ihn Schildkröte, deshalb nennen wir ihn auch so. Wenn er spielt, läuft er dem Ball an der Auslinie nach und hält dabei immer einen Arm hoch; die Leute rings um das Spielfeld rufen ihm dann zu: „Schildkröte, mach die Handbremse los!" Aber Schildkröte hat einen starken Schuss. Er erzählt, wie er einmal bei einem Spiel den Ball so getroffen hat, dass er fünfmal von Torstange zu Torstange geprallt und erst dann ins Tor geflogen ist; wenn er nach dem Spiel oder dem Training auf seinem MZ-Motorrad in unser Dorf gebraust kommt, laufen wir, um seine Fußballstiefel sauber zu machen; er isst Kraut und Fleisch mit der Gabel aus dem Topf, liest einen

Veliki-Blek-Comic und lacht laut, und wir streiten uns um seine lehmigen Fußballschuhe. Am Sonntag hat er mich, Pejo und Nenad auf dem Motorrad zu einem Auswärtsspiel mitgenommen: wir fuhren, in der Kurve neigten wir uns zur Seite; ich hielt mich an Nenad fest, er an Pejo, Pejo an Schildkröte: mehrere unserer Spieler konnten nicht spielen, weil sie sich am Vorabend betrunken hatten, deshalb war sich Schildkröte sicher, dass er von der ersten Minute an spielen würde. Das Spielfeld war klein, von dichtem Wald umgeben; die einheimischen Fans waren vom Feld gekommen, sie hatten Hacken in den Händen und sangen vereint: *Nichts auf der Welt macht mir Angst, Messer und Pistole stecken im Strumpf.* Für alle Fälle schob uns Schildkröte in die kleine Blechhütte für unsere Reservespieler, rückte die Schienbeinschützer in den Stutzen zurecht, schnürte die Fußballschuhe fester: dann begann das Spiel. Der Trainer unserer Mannschaft hatte schon eine halbe Schachtel Zigaretten weggeraucht; wir neben ihm kauten vor Nervosität ständig an den Nägeln. Wenn unsere Spieler aufschrien und sich vor Schmerzen im Gras wälzten, holte der Trainer schnell den Haarlack heraus, lief zu dem gefaulten Spieler und besprühte dessen schmerzendes Bein: der sprang auf und spielte sofort weiter; als das Spiel dem Ende entgegenging, griffen die gegnerischen Spieler immer stärker an, aber unsere schossen den Ball taktisch in den Wald, um sich ein wenig auszuruhen; dann suchten die Schiedsrichter lange nach dem Ball, wir hörten, wie sie sich im Gebüsch zuriefen: „Hier ist er nicht!"

Einmal, als der Ball zu Schildkröte kam, knallte der den Ball aus der Spielfeldmitte irgendwohin Richtung Wald, drehte sich um und ging langsam auf sein Tor zu, die Kappen seiner Fußballschuhe schleiften müde über das Gras; da hechteten die Mitspieler begeistert auf ihn drauf; Schildkröte aus unserem Dorf hatte ein Tor geschossen.

Das Mittagessen

Seit Großvater gestorben ist, habe ich seinen Platz am Tisch eingenommen und sitze Vater gegenüber; zu Mittag gibt es Schweinefleisch, Kartoffeln und grünen Salat. Vater kaut und achtet mit einem Auge darauf, dass mir die Gabel nicht aus der Hand fällt; er würde mir deswegen mit seiner Gabel auf die Finger schlagen; während er isst, sagt mir sein Auge ständig: „Pass auf!" Meiner Schwester ist letztens die Gabel auf den Boden gefallen, aber da hat er nur zu ihr gesagt, dass sie langsamer essen soll. Ich esse langsam, ich kaue und sehe in den Teller vor mir; meine Schwester kriegt die Kartoffel einfach nicht auf die Gabel gespießt; ihre Zähne sind schadhaft; sie sind noch schwärzer, wenn die blitzende Gabel in ihre Nähe kommt. Vater hat das Stück Fleisch noch nicht ganz heruntergeschluckt und trinkt schon laut Wasser; am Rand seines Glases bleibt ein fettiger Abdruck zurück; Baka mümmelt vor sich hin und sieht tiefer in ihren Teller; wenn wir so alle am Tisch versammelt sind, sagt sie selten etwas. Sobald sie mit etwas anfängt, sagt Mutter: „Jetzt seid Ihr wenigstens still, solange wir essen." Sie rächt sich an ihr, denn das hat Baka mit meiner Mutter getan, als sie gerade Vater geheiratet hatte. Vater tut meistens so, als ob er das nicht hörte oder sähe, aber manchmal sagt er: „Genug!" Gestern habe auch ich mich auf Bakas Seite gestellt, habe Mutter unterbrochen und zu ihr gesagt, dass meine Cordhose gewaschen gehört. Mutter hat sich unterbrochen, hat Baka angesehen und gesagt: „Ich habe nicht zehn Hände." Vater hat nichts gesagt, er hat nur zu den morschen Deckenbalken über dem Kopf hinaufgesehen. Aber dann hat er zwischen zwei Bissen gesagt: „Im neuen Haus wird uns der Staub nicht mehr in den Mund rieseln." Meiner Schwester ist wieder die Gabel aus der Hand gefallen, dieses Mal auf den Tisch; wir essen und schweigen; draußen bellt Medo. Er weiß, dass er nach dem Mittagessen seine Mahlzeit bekommt. Vater steht abrupt auf und ruft durch das geschlossene Fenster: „Soll ich rauskommen?!" Das Bellen hört auf, Vater setzt sich wieder hin und sagt zu sich selbst in seinen fettigen Bart: „Ich werde dich schon lehren!" Ich zucke zusammen, weil ich glaube, dass diese Worte auf mich gemünzt sind; ich nehme ein neues Stück Fleisch aus der Schüssel, versuche so viel wie möglich zu essen, um ein paar Kilo zuzunehmen; ich bin mager, ich wachse und bin jeden Tag noch magerer. Vater sagt: „Würdest du es hinter dich werfen, wärst du dicker." Baka sagt: „Er wird zulegen, wenn er zum Militär kommt, da werden alle kräftiger und voller." Mutter will etwas sagen, schluckt es aber hinunter, nimmt ein Küchentuch und wischt der Schwester grob den Mund ab. Die wehrt sich und sagt: „Lass mich, ich bin kein Baby mehr." Am Ende des Mittagessens ist alles Fleisch aus der Schüssel aufgegessen: nur noch das dicke Schweinefett ist übrig. Vater nimmt, wie immer, die Schüssel mit beiden Händen, steht auf, führt sie langsam zum Mund: er trinkt das ganze Fett in zwei Zügen aus; er wischt sich den Mund mit der Handkante ab und sagt zu mir, ich solle Medo die Knochen bringen, er hat wieder zu bellen angefangen. Ich nehme die Knochen vom Tisch, werfe sie Medo hin, der sie mit seinen starken Zähnen zermalmt, und gehe in mein Zimmerchen: ich habe noch genug Zeit, lege mich hin und schlafe ein. Ich träume nichts, auch besser so; gestern habe ich einen der hässlichsten Träume geträumt: dass ich eine Kuh verloren habe. Ich hatte Angst und stellte mir vor, was Vater mit mir machte, wenn ich ohne Kuh nach Hause käme: ich würde nicht zurückkommen. Mutter kommt herein, sieht mich, wie ich daliege, die Hände auf dem Gesicht, weil mir die Sonne in die Augen scheint, und fragt mich: „Tut dir was weh?" Ich schüttle kurz den Kopf, stehe auf, gehe in die Küche und stopfe mir Speck, fünf, sechs Kartoffeln und ein Klappmesser in die Tasche. Nach wenigen Minuten habe ich mich zwischen die warmen Rinder gezwängt; ich nehme ihnen die Ketten ab, passe auf, dass sie mich nicht zerquetschen. Dann laufe ich zu Medo, der vor Freude hochspringt und an der Kette zieht; wegen dieses Ziehens kann ich ihn kaum losmachen. Ich hänge mir die schwerer gewordene Tasche richtig um, nehme die Gerte hinter der Stalltür und treibe das Vieh bergauf. Unterwegs pflücke ich saftige rote Erdbeeren; ich drehe mich nach jeder gegessenen Erdbeere um: ich schaue, ob Pejo und Nenad schon losgegangen sind. Mit der Hand erweitere ich noch ein wenig den Ausblick: durch einen Vorhang aus kleinem ledrigen Laub sehe ich nur Mali mit seiner einen Kuh und schlage mit der Gerte stärker nach Peronja; wir gehen zuerst über die Rodung, dann durch gelbe Blumen; als wir uns alle oben auf der Wiese versammelt und Feuer gemacht haben, überlegen wir laut, was wir heute spielen könnten. Mali sagt: „Cowboys und Indianer." Pejo sagt: „Du bist noch zu klein zum Klugscheißen." Nenad krempelt schon die Ärmel hoch, er will, dass wir wie gestern Steine von der Schulter stoßen, ich würde lieber Wespennester suchen und sie ausbrennen. „Stecken wir uns zuerst eine an", sagt Pejo, bückt sich und zieht eine Schachtel Opatija aus dem Strumpf. Dann teilt er am Feuer langsam die Zigaretten an uns aus, nur an Mali nicht; wir rauchen und versuchen Ringe zu blasen; Pejo bläst den Rauch ins Feuer und reicht seine Zigarette Mali. Der zögert zuerst, nimmt sie dann, zieht stark und beginnt zu husten, aber so, als würde er ersticken, sodass wir alle ums Feuer herum laut lachen müssen.

Etwas auf Rädern

Vater sitzt auf dem Hackklotz vorm Haus; in der Hand den zusammenklappbaren gelben Zollstock, hinter dem Ohr den Zimmermannsbleistift. Er steht auf und geht um das Haus herum wie ein Schlafwandler; wie ich gehört habe, hat er den Plan, neben dem neuen Haus auch einen Stall zu bauen, und so wird das Vieh nicht mehr unter uns schlafen und scheißen. Baka gefällt das nicht, sie sagt: „Das Vieh unter den Menschen hat dieses Volk jahrhundertelang vor der Kälte bewahrt." Ich stehe auf, gehe zu meiner Schultasche, nehme Schreibheft und Bleistift heraus, kehre zu meinem Stuhl zurück. Baka steigt auf die Zehenspitzen, dreht mit der Hand die Glühbirne ein und macht Licht; wieder sitzt Vater auf dem einsamen Hackklotz vorm Haus: in den Händen schläft sein müder Kopf; rasch steht er auf und schüttelt erst das eine, dann das andere eingeschlafene Bein aus; seine Augen sind trübe Glühbirnen. Ich sehe auf das leere Schreibheft, wieder stelle ich mir das neue Haus vor: das Dach von roten Ziegeln und einen Blechhahn, der sich dreht, wie ihm der Wind gebietet; auf das neue Haus freue ich mich am meisten, denn dann wird das ewige Knarren aufhören; wegen dem ziehe ich mir nachts immer die Decke über den Kopf. Ich horche, dann stecke ich mir die Finger in die Ohren: die

Geräusche rufen einander im Haus, da helfen auch keine Finger in den Ohren. Ich höre auch das Stöhnen, das schnellere Atmen, und das Haus schaukelt, es rüttelt, wie ein Schiff auf Rädern, das über bucklige Abhänge rast. Meine Baka steht dann jedes Mal wütend auf, bleibt mitten im Zimmer stehen und ruft gegen die Holzwände: „Was ist da los?" Obwohl ich genau weiß, dass sie weiß, was da los ist, aber es nicht sagen darf. Nach ihrem Rumoren lässt es ein wenig nach, es wird leiser: irgendwelche flüsternde Stimmen. Dann ist noch einmal Vaters Stöhnen zu hören, ähnlich dem von Medo, wenn er gähnt. Im Haus herrscht Friedhofsstille, aber diese Geräusche bleiben mir noch lange im Kopf. Am Morgen, wie bei etwas Schändlichem erwischt, schiele ich heimlich auf Mutters Bauch, um zu sehen, ob er gewachsen ist. Jetzt frage ich sie: „Wann fangen die Arbeiten am neuen Haus an?" Sie zuckt nur die Achseln. Ich frage noch einmal, sie sagt ganz ruhig: „Wenn sie anfangen."

Wenige Tage später trägt Vater Betten, Schränke, Tische, Stühle, den Herd und alle anderen Dinge aus dem alten Haus und stellt sie auf der nahen Wiese ordentlich auf. Er führt das Vieh ins Freie, bindet es mit Ketten an die Pflaumenbäume. Fünf Mal schlingt er einen Strick um das Haus, so als wollte er es für immer gefangen nehmen. Danach führt er Lozonja und Peronja im Joch heran, ein Ende des Stricks schlingt er um das Joch. Eine Zeit lang steht er nachdenklich neben den Ochsen und prüft das alte Haus mit dem Blick. Dann klatscht er den Ochsen kräftig auf die Hinterbacken und wirft die Arme in die Luft. So als würde er dem Haus zurufen: „Ergib dich, du hast keine Chance!" Der Strick spannt sich, aber die Ochsen bleiben im zähen Schlamm eingegraben stehen. Vater zieht sie wütend zurück, nimmt die Schaufel und knallt ihnen mit dem Schaufelblatt kräftig eins auf den Rücken. Bei den Ochsen spannt sich jetzt jeder Muskel am Körper. Wieder schlägt er mit der Schaufel zu, er schreit: „Los, ihr Faulpelze!" Dieses Mal reißen die Ochsen das Haus einfach aus der Erde, es fällt in sich zusammen, an der Stelle, wo es stand, bleibt nur ein schwarzes, stinkendes Loch, wie nach dem Ziehen eines faulen Zahns. „Das hast du wohl nicht gewusst, dass es so morsch war", sagt Vater und klopft sich den Staub von den Hosenbeinen.

Er und Mutter werden, solange an der Stelle des alten Hauses das neue gebaut wird, unter freiem Himmel schlafen, neben dem Vieh. Es ist Sommer, sie werden sich zudecken, sodass ihnen nicht kalt sein wird. Baka und ich werden im Haus von Opa Joso schlafen; zu Lebzeiten hat er uns, mich, Pejo und Nenad, oft von seiner Wiese gejagt; er war schon alt und langsam, und so hatten wir es nicht eilig mit dem Weglaufen. Wir nahmen ruhig den Ball, gingen weg und riefen: „Soll er doch krepieren!" Als er gestorben war, gab seine Tochter, die im Städtchen lebt, Baka den großen zylinderförmigen Schlüssel, damit sie manchmal das Haus lüftet. Pejo würde nie in diesem Haus schlafen, weil seine Baka mehrere Male spätabends auf dem Boden Licht gesehen hat; sie glaubt, dass dort der verstorbene Opa Joso umgeht. Auch ich würde nie allein darin schlafen, aber zusammen mit Baka habe ich keine Angst. Diese erste Nacht legen wir uns in das hölzerne Ehebett; an der ausgebleichten Wand über unseren Köpfen ist ein gipserner Jesus befestigt, so als wäre er mit der gelblichen Wand verwachsen; ich liege in der Stille neben Baka, sie beginnt das Vaterunser zu beten: jede Nacht betet sie das Vaterunser. Sonntags geht sie zu Fuß nach Letinac, das größere Nachbardorf, in dem auch unsere Schule ist, und betet dort in der Kirche; meine Mutter und mein Vater, wie auch die Mehrheit im Dorf, gehen selten in die Kirche. Vater sagt: „Ich gehe erst, wenn sie in unserem Dorf eine bauen." Mein Opa ist überhaupt nicht in die Kirche gegangen. Seine Worte waren: „Ich bin glatzig, in der Kirche ist es kalt, sodass ich mich erkälten könnte, aber es ist nicht in Ordnung, dass ich vor Gott in der Kirche eine Mütze aufhabe." Auch ich gehe nicht in die Kirche, keiner von meinen Freunden geht, aber Baka sagt, dass ich damit beginnen soll, damit ich dann auch die Kommunion empfangen kann. Sie bekreuzigt sich noch einmal, deckt mich besser zu und sagt: „Und jetzt werden wir schön schlafen." Etwas später, über unseren Köpfen, melden sich zuerst undefinierbare Geräusche. Dann knarrt es. Als wären da jetzt Vater und Mutter oben auf dem Dachboden zugange, genau über unseren Köpfen. Ich liege da und sehe hinauf; plötzlich fühle ich die Nähe der Deckenbohlen und verkrieche mich vor Angst noch mehr unter der Zudecke; ich weiß nicht, weshalb, aber mir ist, als werde ich heute Nacht in diesem Haus sterben; einmal ist meine Baka am Morgen auf die Schwelle unseres alten Hauses hinausgetreten und hat zu den schwarzen krächzenden Vögeln hinaufgesehen: der ganze Himmel war voll von ihnen. Dann ist sie ins Haus zurückgekehrt und hat Opa zugeflüstert: „Über einen freuen sich die Krähen heute." Es war der dritte Tag, seit sie mich aus dem Krankenhaus entlassen hatten, und ich war mir sicher, dass die Krähen meinetwegen gekommen waren; jetzt ist mir wieder so, als müsse ich sterben, ich wecke Baka, indem ich sie mit dem Ellbogen anstoße, und sage: „Da ist etwas auf dem Dachboden!" Sie setzt sich sofort auf; ich denke schon, jetzt wird sie losschreien, aber sie horcht nur ruhig in die Dunkelheit.

Die Atombombe schläft

Baka sieht zu, wie Vater im Klosett Fliesen verlegt: unten braune, an den Wänden reinweiße. Vater sagt zu ihr: „Geh mir mal ein bisschen aus dem Licht." Baka geht, und Vater verklebt eine neue braune Fliese und sagt: „Bring mir mal ein Schnäpschen." Ich gehe durch den Flur in die Küche, nehme die Flasche und ein dickes Glas und bin schnell zurück; er blinzelt mit dem einen Auge, mit dem anderen sieht er auf die Fliesen. Am Morgen legt er seinen einzigen Anzug an, kaffeefarben, die einzige blaue Krawatte, und so herausgeputzt macht er sich mit den Ochsen und dem Wagen auf ins Städtchen; gegen Mittag kommt er mit Spülkasten, Wasserhahn und einem blechernen Hockklo zurück. Ich helfe ihm, das Blechklosett vorsichtig abzuladen. Auch Mutter hilft, sie sagt zu mir: „Lass du das, ich mache das." Ich sage zu ihr: „Lass du, ich mache das." Vater streicht mit der Hand verträumt über das Hockklo und sagt: „Sollen sie ruhig sehen, wer der Erste ist im Dorf." Ein paar Tage später steht er wieder früh auf und spannt die Ochsen an, dieses Mal in den Sachen, die er zu Hause trägt; er geht vor den Ochsen her und pfeift: lange habe ich ihn nicht so fröhlich gesehen. Ich spähe durchs Fenster und denke, heute wird er sicher einen Fernseher kaufen, den ersten im Dorf, was ich mir schon seit Jahren wünsche. Aber auch er hat ihn in der letzten Zeit häufig erwähnt. Später ziehe ich mich an, ich gehe in die Schule. Auf halbem Weg setze ich mich unter einen Haselstrauch: Pejo taucht auf, und ich sage zu ihm im Vertrauen: „Sag der Lehrerin, dass ich Fieber habe, und meinen Leuten zu Hause, dass wir nur zwei Stunden hatten." Ich gehe zurück und steige sofort auf den Hügel über dem Haus: ich stehe und warte. Ich sehe zu dem Punkt, wo jeden Moment mein Vater auftauchen muss: die Schatten der Bäume recken ihre Hälse, und mir scheint, dass alles um mich herum auf diesen einen Punkt sieht. Vater ist immer noch nicht da: dann sehe ich ihn. Als er endlich da ist, bringt er Wagen und Ochsen mitten auf dem Hof zum Stehen; im ersten Moment kommt mir das in den Schatten gewälzte Eisenfass wie eine Atombombe vor. Ich streichle es mit der Hand, schnippe mit dem gekrümmten Finger dagegen, kutz-kutz. Vater sagt zu Mutter: „So, das ist eine Wasserpumpe, jetzt werden wir die Einzigen im Dorf sein, die Wasser aus der Leitung haben." Baka fragt: „Aber wie viel Strom braucht sie?" Er sagt: „Sie braucht, was sie braucht." Bald kommt in seinem *fićo* der Elektriker in seiner blauen Latzhose angefahren; Vater und er tragen die Wasserpumpe in den Keller. Vater knipst im Gang das Licht mit dem Ellbogen an; sie stellen die Wasserpumpe in die Ecke. Stundenlang fummeln sie an ihr herum. Sie verbinden Drähte, ziehen schwarze Gummischläuche ein, fuchteln mit den Händen, als wollten sie etwas hervorzaubern. Der Elektriker geht in die Küche und montiert mit der Zange den Wasserhahn. Er dreht ihn auf, wartet. Man hört ein Röhren und abgehacktes Prusten: aus dem Hahn fließt, immer wieder versiegend, trübgelbes Wasser. Der Elektriker sieht Vater an, klopft ihm auf die Schulter und sagt: „Gut so." Er nimmt den Spülkasten, verlangt einen Stuhl; Vater bringt den Stuhl, der Elektriker steigt hinauf und bringt den Spülkasten an. Er lässt mich unter Lachen als Ersten das Wasser ziehen, Vater ruft ungeduldig: „Mach schon, was wartest du!" Dann sehen wir alle gemeinsam feierlich zu, wie das Wasser, schäumend, mächtig, aus dem Spülkasten in das dunkle Loch des Hockklos schießt. Danach nimmt der Elektriker einen kurzen, hellgelben Schraubenzieher aus der Tasche und montiert neben der Klotür zwei dunkelrote Schalter. Er erklärt Vater, und während er spricht, rasselt es laut in seiner Lunge, dass der erste Schalter für die Heizung sei, aber da es keine Heizung gebe, sagt er, habe er keine Funktion. „Der zweite", setzt er hinzu, „ist für Warmwasser." Der Elektriker geht zu seinem Kombi und bringt zusammen mit Vater etwas Graues, Eisernes, Walzenförmiges, was wieder wie eine Bombe aussieht. „Der Boiler", sagt der Elektriker zu Baka, die gerade vom Feld gekommen ist und nur zweifelnd den Kopf schüttelt. „Du hast doch bestimmt was zu tun", sagt Vater zu ihr. Sie befestigen ihn mit langen Schrauben an der Wand im Klo, wieder sind sie lange damit beschäftigt, Drähte anzuschließen. Wenig später drückt der Elektriker den Schalter, sodass der rot leuchtet. Als er ausgeht, nickt er zufrieden und sagt: „So, das wär's." Am Nachmittag geht Vater mit seinen langen Schritten, als würde er ständig etwas abmessen, ins Städtchen und bringt auf der

Schulter eine Dusche; er montiert eine Stange, und an ihr den Duschkopf, der genau so aussieht wie ein Telefon. Mit aufgeregter Stimme ruft er Mutter. Als sie kommt und mit der Hand den Ärmel glatt streicht, drückt er auf den zweiten Schalter an der Klotür und sagt zu ihr: „Den hier schaltest du eine Stunde vorher an, wenn du warmes Wasser willst, sonst schaltest du ihn unbedingt aus." Dann geht er zusammen mit ihr ins Klosett, ich heimlich hinterher: ein Fuß bleibt für alle Fälle draußen. Vater stellt sich in Anzug und Schuhen auf die gerippten Tritte des Hockklos; er fixiert den Duschkopf einen Fußbreit über seinem Kopf. Er dreht auf, und Hunderte Wasserstrahlen sprühen auf ihn herunter. Vater muss lachen, er springt mit nassem Kopf zu Mutter und schaut, wie das Wasser aus der Dusche in das Loch im Hockklo läuft; und wieder kommt ein Lachen aus seinem Mund. „Das wird uns in der Seele guttun, wenn wir auf dem Feld arbeiten und uns anschließend abduschen", sagt er mit leuchtenden Augen.

Diese Nacht träume ich, dass er und der Elektriker ein Geschenk für mich bringen; drinnen ist ein Eisenherz. Vater ruft mich und sagt mit bedeutungsvoller Stimme: „Ein solches Herz haben jetzt nur zwei Personen, der Präsident von Amerika und du." Ich stehe neben der Schachtel, spähe hinein, frage den Elektriker, ob man mit so einem Herzen beim Militär genommen wird. Er klopft mir auf die Schulter, zeigt mit dem Finger auf die Schachtel und sagt: „Es gibt keine Kugel auf der Welt, die dieses Eisenherz durchbohren könnte." Ich salutiere und renne glücklich, als wäre ich schon beim Militär, hinaus aufs Feld. Ich werfe mich ins Gras, sehe am Himmel die Wolken; sie erinnern mich an Kissen voller Federn, und schlafe wieder ein. Morgens weckt mich die Wasserpumpe, sie brüllt wie ein gefangenes Tier; abends flackern die Glühbirnen, manchmal brennen sie auch durch, als wollte die Wasserpumpe sich für irgendwas an uns rächen. Aber wie die Zeit ins Land geht, klagt die Mehrheit der Leute aus dem Dorf immer mehr über die Arbeit der Wasserpumpe: sie sagen, dass sie ihnen die Glühbirnen kaputt macht. Vater sagt darauf ruhig zu ihnen, wobei er die breiten Schultern zuckt, die er von Großvater geerbt hat: „Liebe Leute, ich bin nicht schuld, dass wir im Dorf so schwachen Strom haben." Zu Hause sagt er zu Mutter: „Wen kümmern diese Hinterwäldler." Wenn ich im Dorf abends zu einem der Nachbarn gehe, fängt die Glühbirne an der Decke fast immer zu flackern an; dann heften alle im Raum den Blick auf sie und beginnen meinen Vater und die Wasserpumpe zu verfluchen. Zuerst fluchen sie leise, dann immer schärfer und lauter, bis sie sich entsinnen, dass auch ich im Haus bin, und sich ein wenig beruhigen. Aber mir gefällt es, wenn sie uns verfluchen; sie auf der einen, ich und Vater auf der anderen Seite: dann fühle ich die größtmögliche Nähe zu meinem Vater.

Kraut stampfende Frauen

Ich stehe neben Vater, warte, dass er sagt, was ich anpacken soll, wo ich schneller machen soll. Er sagt: „Jetzt bring mir noch die Holzgriffe." Schnell bringe ich ihm die Holzgriffe, er schlägt sie alle vier in die Löcher am Wagen; jetzt haben wir den Wagen komplett zusammengebaut und brauchen nur noch die Ochsen ins Joch zu spannen. Wenig später ziehen wir zwei, ich vor den Ochsen, Vater auf dem Wagen, zum nahe gelegenen Feld: dort haben wir Kohl angebaut. Die Sonne steht tief, aber halb verborgen hinter den Wolken, und Strähnen des Lichts verbinden Sonne und Hörner, sodass es aussieht, als würde die Sonne unsere Ochsen mit blinkenden Zügeln lenken. Ich gehe mit dem sicheren Schritt meines Vaters, schlage die Ochsen mit der Gerte auf den Rücken, Peronja mehr als Lozonja; ich rufe ihnen zu. Ochsen und Wagen stelle ich bald so ab, dass ich die Ochsen ins Unterholz führe, damit sie so wenig wie möglich von den Fliegen gepiesackt werden. Mit der Hand erschlage ich eine große: sie erinnert mich an die fluoreszierende Brosche der Lehrerin Vahida. Die Fliege hält sich krampfhaft am Rand des Ochsenauges, dann zwinkert der Ochse, und die Fliege fällt tot herunter. Peronja frisst das saftige, blättrige Gras, das im Schatten aufgeschossen ist; Lozonja macht sich mit seinen starken Zähnen über die Stängel, die Blätter der Büsche, die leeren Käppchen der Haselsträucher her, und die beiden können sich einfach nicht einigen. Der eine will hinauf, der andere hinunter; das Joch quietscht. Vater ruft: „Ihr Faulpelze!" Er kommt, schlägt sie mit der flachen Hand und treibt sie tiefer ins Gehölz: die Sonne scheint auf ihre vollgeschissenen Hintern. Dann nimmt er ein Messer aus dem Wagen, bückt sich und beginnt Kohlköpfe zu schneiden, und die Sonne scheint jetzt auf die Schneide des Messers: er gibt mir das Messer in die Hand. Ich fasse seinen Griff fest, bücke mich, schneide einen Kohlkopf, aber das geht bei mir sehr langsam. Vater nimmt mir das Messer weg, er fährt mich an: „Verdammte Scheiße, du bist zu nichts zu gebrauchen!" Er kniet nieder, packt mit einer Hand einen Kohlkopf, wie den Kopf eines Menschen, und schneidet in einem Zug den Hals durch. Er gibt mir das Messer zurück; ich mache mich an einen neuen Kopf, ich wiederhole bis aufs Haar seine Bewegungen, ich schneide den Kopf ab. Vater sagt: „Gib her!" Er reißt mir das Messer fast aus der Hand; unaufhörlich schlachtet er auf dem Feld den Kohl, ich gehe hinter ihm her und werfe die abgeschnittenen Köpfe in den Wagen. Ich stelle mir vor, ich bin ein Basketballer, so vergeht die Zeit viel schneller. Als der Wagen bis oben hin voll ist, gehen wir müde nach Hause, und einen Kopf, der bei der holprigen Fahrt auf die Straße rollt, werfe ich wieder hinauf. Zu Hause stellen wir uns alle in einer Reihe auf: Vater, Mutter, Baka, ich, nur meine Schwester nicht; sie ist noch klein. Wir reichen einer dem anderen die Kohlköpfe zu, von Hand zu

Hand, und Vater schichtet sie in die dunkle Kellerecke. Am nächsten Tag bereitet er im Keller das große Holzfass vor, das mit drei Eisenreifen gegürtet ist. Er scheuert es gut aus, wäscht es, riecht daran. Dann bringt er auf der Schulter den Krauthobel, hinter den setzt er sich und hobelt die Kohlköpfe klein: er bewegt die Arme auf dem Hobel von sich weg und zu sich heran, als würde er rudern; seine dichten schwarzen Brauen, voller Kraft, begleiten ihn im Rhythmus der Arme. Meine Mutter schüttet das Kraut, das durch den Hobel in kleinen Streifen in den Topf fällt, alle Augenblicke ins Fass. Von Zeit zu Zeit streut sie aus der Hand perlende Salzkörner über das Kraut im Fass. Baka kocht das Mittagessen, kommt in den Keller nachsehen, schnuppert die Luft und sagt: „Was riecht das Kraut schön." Ich stehe in der Ecke und warte, dass die Frauen aus dem Dorf kommen; am liebsten habe ich es, wenn die nackten Frauenfüße das Kraut im Fass stampfen. Kurz darauf sind sie da, streifen die Opanken, Schuhe, Strümpfe ab, waschen sich die Füße und steigen ins Fass: mit dabei ist auch Pejos Mutter: die Einzige, die nie kommt, ist Nenads Mutter. Meine Baka sagt: „Bei aller Achtung, aber wer hat je gesehen, dass Zigeuner den Leuten das Kraut stampfen." Zum Schluss steigt auch meine Mutter ins Fass; dies ist das einzige Ereignis im Jahr, wo meine Mutter etwas fröhlich ist. Die meiste Zeit ist sie traurig, wie in einem undurchlässigen Ballon: ich denke, das ist meinetwegen und wegen meinem kranken Herzen.

Hier wohnt der Bär

Am Morgen kommt meine Mutter auf Zehenspitzen herein: in der Stille bewegen sich bei ihr nur die Augen. Meine Schwester schläft im Zimmer, das Vater das große Schlafzimmer nennt, Baka in ihrem, und ich seit ein paar Tagen in meinem Zimmerchen. Das dient auch als Speisekammer: aus den Pappschachteln schauen Äpfel heraus, Pflaumen, Zwiebeln, und an den Sprossen der Leiter, die auf den Boden führt, hängen gelbe Maiskolben. Mutter ist es lieb, dass ich nicht mehr mit Großmutter zusammen schlafe, sie sagt: „Baka stinkt, und dann stinkt auch die Luft, und diese Luft atmest du die ganze Nacht ein." Mutter und Vater schlafen im Erdgeschoss des Hauses; jenes Knarren ist nicht mehr zu hören. Jetzt tritt Mutter an mein Bett und flüstert mir sanft ins Ohr: „Schlaf dich aus, heute gehst du nicht mit dem Vieh." Sie geht hinaus und schließt die Tür leise hinter sich.

Draußen regnet es noch immer; der Regen strömt so, als fiele er aus einem Loch im Himmel. Ich denke, dass das Vieh wegen des vielen Regens nicht auf die Weide geht. Das letzte Mal, als es so stark geschüttet hat, habe ich auf der Straße Fußball gespielt. Mutter bemerkte mich durch den Regenvorhang, kam angelaufen und machte mir wütend Beine. Zu Hause wartete sie, bis ich mir trockene Sachen angezogen hatte, kam dann plötzlich ins Zimmer und schrie: „Willst du dir eine Lungenentzündung holen?!" Dann kam Vater ins Zimmer gestürmt, beugte sich über mich wie ein Adler und schrie: „Glaubst du, dass ich dich in den Krankenhäusern herumkutschieren werde?!" Er wollte schon ausholen, da schob sich Mutter zwischen uns und begann mich zu schlagen; sie schlug mich, aber mit ihren weiblichen Schlägen schützte sie mich genau genommen vor ihm. Er ging fluchend hinaus, und Mutter fing an erstickt zu weinen, mich zu küssen, zu schlagen und wieder wie wild zu küssen. Auf einmal drückte sie mich schluchzend mit ihren Fäusten an ihren Bauch: als wollte sie mich wieder in sich hineinschieben, und Vater schrie draußen: „Warum schafft Gott so etwas, was nicht zum Leben taugt?!" Ich hole tief Luft, springe aus dem Bett, laufe im Zimmer auf und ab: ich weiß nicht, wohin ich soll, und werfe mich wieder auf das knarrende Bett. Dann dringt das Geräusch unregelmäßiger Hammerschläge auf ein Brett zu mir: da baut Vater den neuen Stall. Ich stehe auf und ziehe mich an; ich gehe in die Küche, in der niemand ist. Ich nehme hinter der Tür den uralten schwarzen Regenschirm, draußen spanne ich ihn auf; ich horche, ob ich Pejos oder Nenads Kühe höre. Es fängt immer stärker an zu regnen; plötzlich donnert es. Die Blitze zucken unaufhörlich nieder und erlöschen, und voller Angst ziehe ich mich ins Haus zurück: Vater arbeitet auch im Regen. Ich sehe ihn, wie er mit einer weißen Plastiktüte überm Kopf hastig den halb fertigen Stall umrundet. Ich stelle den zusammengeklappten Regenschirm zurück hinter die Tür, setze mich an den Tisch, der mit einer Tischdecke mit Blumenmuster bedeckt ist. Durch die hölzernen Fenstersprossen schaue ich weiter, ob jemand auf dem Weg zum Wald mit Kühen oder Schafen kommt; von Biba weiß ich mit Sicherheit, dass sie nicht kommt: sie ist zu ihrer Tante nach Slavonska Požega gezogen, dort wird sie von nun an auch zur Schule gehen. Etwas später erscheint als Einzige meine Baka in lehmverschmierten Opanken aus Reifengummi, die sie vor ein paar Tagen selbst zugeschnitten hat. Sie wirft den nassen Mangold in die Ecke, legt Großvaters Pelzrock ab und sagt, dass ich heute nicht mit den Kühen in den Wald muss. Sie bindet das Kopftuch fester und sagt, dass der Bär oben im Wald gestern einen Mann zerrissen hat. Sie bekreuzigt sich, nimmt eine abgewaschene Bratpfanne und schiebt sie tief in die Stellage. Sie beginnt mit den Töpfen zu rumoren, sie umzustellen, mit den Heiligen zu sprechen, und als ich sie frage, wer der Getötete sei, sagt sie nur, dass er nicht aus unserem Ort ist; ich gehe nach draußen und sehe erschrocken zum belaubten Wald hinauf. Gestern war ich mit dem Vieh im Wald, davon habe ich nichts gehört; auch die anderen nicht, sie hätten es mir wohl gesagt. Es hört auf zu regnen; über den Bergen zeigt sich die Sonne: die Straße entlang brummt ein Automobil. Ich versuche am Geräusch zu erkennen, wessen Auto das sein könnte; ein Lastwagen ist es nicht, und es ist auch nicht der *stojadin* von Pope Ivo. Ich mache ein paar Schritte und erblicke mitten im Dorf den blau-weißen Polizei-Fiat: aus ihm sind zwei Polizisten ausgestiegen, sie haben die automatischen Gewehre geschultert; ich habe noch nie Polizisten mit automatischen

Gewehren gesehen. Arme und Beine bewegen sich synchron: an ihren Mützen leuchten die roten fünfzackigen Sterne. Ich verstecke mich rasch im Haus, als hätte ich etwas angestellt. Durch das Fenster sehe ich den Polizisten Mirko. Er ist schon einmal in unser Dorf gekommen, ich habe ihn auch früher im Städtchen gesehen. Aber zum ersten Mal habe ich seine tiefe Stimme gehört, als ich von unserem Doktor die Überweisung für weitere Untersuchungen kriegte und Mutter und ich eines Tages erneut ins Städtchen fuhren und wir karierte Pantoffeln für das Krankenhaus kauften. Damals führte der Polizist Mirko einen Mann die Straße hinunter, dem er einen Arm auf den Rücken gedreht hatte und dem er ins Ohr rief: „Bei mir gibt's kein Herumhampeln!" Ich habe Angst vor den Polizisten, obwohl ich nichts angestellt habe: alle haben Angst vor ihnen; selbst die Fliegen am Fenster haben sich vor ihnen versteckt. Die beiden steigen langsam den Wiesenhang hinauf: sie verhalten den Schritt. Ich verfolge sie noch eine Zeit lang mit dem Blick, bis Mutter in die Küche kommt und sagt, dass ich da weggehen soll. Sie stellt eine Schüssel voll dicker frisch gemolkener Milch auf den Tisch, krempelt die Ärmel hoch und geht rasch wieder hinaus. Ich sehe, wie sie mit schwieligen Händen, viel zu groß für ihren mageren Körper, die vermischten Wäscheklammern aus Holz und Plastik hin und her sortiert; ich drehe mich um, setze mich langsam an den Tisch und stelle mir vor, wie ich Vaters Jagdgewehr von der Wand nehme. Ich gehe in den Wald: ich töte den Bären. Ich bin ein Held im Dorf, alle feiern mich; sogar mein Vater klopft mir stolz auf die Schulter.

Anweisung zum Schweineschlachten

In einem weißen Automobil Marke Wartburg, das von meiner Baka im Scherz Vargi-Burgi genannt wird, kommt Veterinär Zlatko zu uns: er nimmt sich die Watte heraus, als wollte er den Schnaps durch die Ohren trinken. Vater füllt ihm das Gläschen sofort bis zum Rand voll, er gießt es sich in einem Schwung hinter die Binde und sagt zu meinem Vater: „Das ist mal ein richtiger Slibowitz." Vater führt ihn nach einem weiteren Gläschen zum Schweinestall, knipst die Taschenlampe an und sagt: „So dicke Schweine hast du nie gehabt, von jetzt an kaufe ich sie immer bei diesem Serben aus Klanac." Zlatko lacht und sagt: „Sind leichter zu schlachten, wenn sie von den Serben kommen." Mein Vater dreht sich um und sagt: „Wissen Sie was, für mich ist es wichtig, dass der Mensch ehrlich ist, und da kann er, entschuldigen Sie, sogar der Leibhaftige sein." Er hebt den Riegel mit beiden Händen an, öffnet die kleine hölzerne Tür und stellt sich so vor das Schwein, dass es nicht flüchten kann. Das Schwein kommt rasch hoch; es sieht uns an und grunzt feucht. Vater leuchtet in einem weiten Bogen das Innere des Schweinestalls aus, der aus alten und neuen Brettern gezimmert ist: das Schwein springt weg und kommt zurück und beschnüffelt das goldgelbe Licht von allen Seiten. „Da, sehen Sie selbst", sagt mein Vater stolz. Veterinär Zlatko beugt sich hinunter und sagt: „Alle Achtung, an dem ist was dran." „Herr Doktor", sagt mein Vater, „wenn Sie erst sehen, wie klug es ist. Wenn ich etwas zu ihm sage, schaut es mir in die Augen wie ein Mensch." Er dreht am Kopf der Taschenlampe, dann sucht er mit dem verengten, aber helleren Strahl die Augen des Schweins: es ist ständig in Bewegung, windet sich, trippelt hin und her, dreht sich um und trägt das Licht auf seinem schmutzigen Rücken durch den Schweinekoben. Veterinär Zlatko sieht zur Straße und sagt: „Gehen wir es an, ich muss noch zu anderen Leuten!" Vater richtet die Taschenlampe auf die Tür zum Schweinestall, verriegelt sie und sagt zu dem Schwein: „Geh schlafen." Danach gehen die beiden zum Wartburg. Ich gehe in mein Zimmer: ich esse die Palatschinken, die mir Mutter gebracht hat, mache meine Mathematikaufgaben und lege mich schlafen: Wieder träume ich von dem Bären. Er verfolgt mich auf einer lehmigen Straße; ich falle hin, stehe auf, falle wieder hin; ich weiß nicht, welche Straße das ist. Als ich letzte Woche hohes Fieber hatte, habe ich dieselbe gewundene Straße geträumt, und der Bär, der mich da gejagt hat, hat mit der Stimme meines Vaters gebrüllt: „Kranke werfen wir in die Grube!" Dieses Mal brüllt er nicht, aber wieder rettet mich, dass ich rechtzeitig aufwache; ich liege allein auf dem Bett, nehme mein Mathematikheft, lege es wieder weg und höre nach einiger Zeit draußen knirschende Geräusche; da geht mein Vater über den gefrorenen Lehm. „Macht endlich", schreit er, und aus dem Haus kommen Mutter und Baka: sie stellen alles der Reihe nach bereit, was fürs Schlachten gebraucht wird. Vater macht sich bereit, um jeden Moment in den Schweinestall zu gehen; in der rechten Hand hält er das Bajonett, seine linke fuchtelt irgendwo herum. Baka sagt leise: „Jetzt leg schon dieses Ding aus der Hand, oder versteck es wenigstens." Er hört auf sie, legt das Bajonett auf den Stuhl und öffnet langsam die kleine Holztür zum Schweinestall: er geht gebückt hinein. Ich höre, wie er das Schwein lockt: „Wo bist du denn, Kleines?" Baka steht in einem Halbschritt, wie in der Bewegung erstarrt, mitten im Hof: das ist ihr Liebling. Sie hat es jeden Tag mit Schlempe gefüttert, ihm Kürbisse gebracht. Mutter geht in die Küche und bringt zuerst einen leeren Topf, in dem sie das Schweineblut auffangen wird, und dann noch einen zweiten Topf mit heißem Wasser, aus dem es dampft wie aus einem Schornstein. Ich gehe hinaus, drücke mich an die Hauswand wie ein Dieb, husche um die Hausecke und um den Stall herum, gelange zum Schweinekoben, spähe durch einen Spalt; am Fenster hat sich hinter dem Vorhang auch meine Schwester versteckt; ich winke ihr, sie sieht von oben erschrocken zum Schweinestall herunter, und ihre Angst schmälert meine Angst. Vater versucht das Schwein herauszuziehen; er zieht es an seinen schmutzigen Ohren: das Schwein reißt sich los und geht jedes Mal zurück in die Ecke. Das Fell des Schweins ist voller Lehm, und es sieht mehr schwarz als weiß aus: es mischen sich die Gerüche des Lehms und der breiigen Schweinescheiße. Vater ist herausgekommen, richtet sich auf: er geht zurück in den Schweinekoben. Wieder müht er sich lange mit dem Schwein, rutscht aus, knallt mit der Schulter gegen die Seitenwand des Kobens. „Ich hätte es wissen sollen, ich hätte die Pistole nehmen und dir den Bolzen ins Hirn schießen sollen!", brüllt er im Schweinekoben. Er beginnt damit zu drohen, dass er das Schwein im Koben schlachten wird, er erwähnt auch die Axt; ich habe ihn noch nie so wild gesehen. Vielleicht einmal, als uns der Blitz den Stall voll Heu in Brand gesetzt hat und er um das Feuer herumgelaufen ist und sich selbst vor Ohnmacht in die Hand gebissen hat. Wieder kommt er heraus, richtet sich auf, sagt wütend zu Mutter, sie soll in der Schüssel ein wenig Schlempe herrichten: als die fertig ist, versucht er damit das Schwein zu locken. Er ruft mit säuselnder Stimme: „Na, na, na!" Das Schwein streckt für einen Moment den Kopf heraus, beschnüffelt die Schlempe und kehrt sofort mit erstaunlicher Geschwindigkeit in den Koben zurück. Vater krempelt vor Wut ungeschickt die Ärmel hoch, er sagt: „Eh, jetzt werde ich es dir zeigen!" Er nimmt das Bajonett und will wütend losstürzen. „Warte, ich mach das!", ruft Baka hinter seinem Rücken. Sie schiebt sich durch, geht hinein, das Schwein kommt zu ihr; es beschnuppert ihre Füße, die Knie, die leere Hand: als Baka mit der vorgestreckten Hand herauskommt und nichts sagt, folgt ihr das Schwein wie behext. Vater packt das Bajonett, springt vor, setzt sich auf das Schwein, stößt ihm blitzartig von der Seite den scharfen Stahl in den Hals, und alles sieht aus wie eine einzige Bewegung. Das Schwein quietscht, es versucht freizukommen: das Blut schießt ihm aus dem Hals. Dann fällt es unter Vaters Gewicht um; es zappelt; Mutter und Baka packen es fest an den fetten Hinterbeinen. Vater stößt das Bajonett noch mehrere Male in den Schweinehals. Das Schwein versucht noch immer freizukommen: der rotgefärbte Strom pulst aus mehreren Löchern im Hals, und Vater ruft, dass man rasch den Topf bringen soll. Mutter packt den leeren Topf, schiebt ihn dem Schwein unter den Hals. Und so wie sich der Topf füllt, wird auch das Schwein immer ruhiger. Dann wird es zwischen Vaters Beinen völlig ruhig, als wäre es eingeschlafen. Später steht Vater müde neben dem Schwein, das leblos am Haken hängt. Seine lebhaften Augen sehen jetzt aus wie zwei schwarze Knöpfe. Vater trennt es am Bauch auf und fährt mit der Hand hinein. Er reißt aus den Eingeweiden die schlaffe Harnblase heraus, drückt sie aus, bläst sie auf, lässt die pfeifende Luft heraus, sieht zu mir, zieht mit seinem Blick meinen Blick auf sich, wirft mir die Blase zu und sagt: „Da, nimm, aber verdient hast du sie nicht." Ich bücke mich, nehme die schmierige Blase und gehe hinters Haus. Ich bestreiche sie von allen Seiten mit Asche und werfe sie auf die Erde und trample auf ihr herum: damit sie richtig weich wird: das hat mir mein Großvater gezeigt. Als er jung war, hat er aus Schweineblasen Tabakbeutel gemacht. Dann nehme ich die Blase, puste sie auf, binde sie mit einem Faden zu, den ich in einer der Schubladen gefunden habe. Nach ein paar Stunden lasse ich die Luft raus, reibe die Blase ausgiebig mit Salz ein, puste sie wieder auf, binde sie zu und hänge sie an einem Band über den Herd. Nachdem sie getrocknet ist, nehme ich sie und rufe meine Schwester in den eingezäunten Pflaumengarten hinterm Haus: dort ist zwischen zwei alten Pflaumenbäumen ein Draht gespannt, auf dem meine Mutter unser Zeug trocknet. Ich werfe die Blase hoch über den Kopf: sie fliegt langsam durch die Luft. Meine Schwester auf der anderen Seite des Drahts erwartet sie und wirft sie mir über den Draht zurück, und ich werfe sie ihr noch kräftiger zurück, und das knisternde Geräusch bleibt mir noch lange in den Händen.

Durst

Wir sitzen ganz oben in der Krone des Baums, und der Mörderbär klettert uns langsam nach. Als er oben ist, sticht ihm meine Baka mit aller Kraft die Stricknadel ins Herz. Er brüllt vor Schmerzen und fällt: dann wache ich auf, bleibe liegen, bis mich mein Vater ruft. Ich ziehe mich an und gehe schlaftrunken hinaus in den Hof. Vater zieht aus seiner Geldbörse mit den vielen Fächern einen glatten blauen Fünfziger. Den gibt er mir und schickt mich ein Päckchen Dreizollnägel kaufen. Ich falte den Schein zweimal vorsichtig mit den Fingern; letztes Mal hat er mich mit der Rute geschlagen, weil ich einen zerknitterten Geldschein in meiner Tasche hatte, und geschrien: „Das ist also deine Achtung vor dem Geld!" Mutter sagt: „Wenn du schon hingehst, warte, damit du deiner Schwester die Tasche in die Schule tragen hilfst." Ich nicke und gehe in die Küche Wasser trinken; ich warte auf meine Schwester, dass sie fertig frühstückt. Sie geht diese Woche morgens in die Schule, ich nachmittags; jedes Mal, wenn meine Schwester nachmittags in die Schule geht, holt sie jemand von der Schule ab. „Sie ist noch klein", sagt Mutter laut, dass wir draußen es alle hören, „man muss sie jeden Tag hinbringen und wieder abholen." „Ich bin nicht klein!", ruft meine Schwester und verschluckt sich, Mutter sagt:

„Komm schon, ich bitte dich bei allen guten Geistern, iss
langsam." Vater zieht mit der Öse des Beils einen verrosteten
Nagel aus einem Brett. „Ich habe in ihrem Alter allein im
Wald Schafe gehütet", sagt er. Baka sagt: „Das waren andere
Zeiten, ich kann mich nicht erinnern, dass in unserer Ge-
gend schon drei Jahre kein Schnee gefallen ist." Vater sagt:
„Wenn es den doch nie mehr auf der Welt geben würde."
Baka sagt: „Ich mag auch keinen Schnee, aber wenn es sechs
Jahre nacheinander nicht schneit, bedeutet das den Weltuntergang." „Jetzt hört mal auf, ihn herbeizurufen!", ruft meine
Mutter, und mich packt von Bakas Worten, mit Verzögerung, ein Schauder; noch nie habe ich solche Angst empfun-
den: dass es mich auf der Welt nicht mehr geben wird. „Das
sage nicht ich", Baka sieht zur Haustür, „das sagt Baba Vuna."
Dann stelle ich mir vor, dass es auch die nicht mehr geben
wird, die so gesund sind, dass sie sogar Astronauten sein
können, dass wir vor dem Weltuntergang auf der Erde alle
gleich sind, und das Atmen fällt mir viel leichter. „Ich scheiß
auf euren Weltuntergang, den Schnee und Baba Vuna!",
schreit mein Vater wütend, weil er beim Glattschlagen des
Nagels seinen Daumen erwischt hat. Außerdem bin ich mir
sicher, ich hole tief Luft und versuche meinen stoßweisen
Atem zu beruhigen, dass es im kommenden Winter wieder
schneien wird: ich erinnere mich nicht, wann ich zum letzten Mal Schlitten gefahren bin, Schneebälle geworfen habe;
am liebsten sehe ich mich selbst in den Schnee gemalt. Ich
trete vor das unberührte Weiß, breite die Arme aus, als wollte ich fliegen, lasse mich auf den Rücken fallen, stehe wieder

auf und besehe meinen Abdruck. Vater erschlägt in seinem Nacken eine Fliege, er schreckt mich auf, denn es klingt wie eine heftige Ohrfeige. Baka geht zu meiner Schwester, streicht ihr über den Kopf, drückt ihr ein Geldstück in die Hand und sagt: „Für Kaugummi." Vater zerquetscht die tote Fliege mit der Schuhspitze wie eine Zigarettenkippe und sagt: „Gib ihr bloß nichts für diesen Kokolores." Er nennt alle Süßigkeiten so. Mutter will etwas sagen ... ihr fällt aber nichts ein, und so macht sie nur mit der Zunge: „Tz, tz." Meine Schwester drückt das Geldstück tief in die Hosentasche; ich stelle mir schon vor, wie ich für dieses Geldstück Coca-Cola trinke.

Ich werfe mir die Schultasche auf den Rücken, gebe das Zeichen zum Aufbruch, meine Schwester geht hinter mir. Alle Augenblicke bleibt sie stehen und pflückt an der gewundenen Straße Schneeglöckchen und Krokusse. Ich treibe sie zur Eile an; ich habe Durst, ich will Coca-Cola trinken. Auf halbem Weg bin ich schon sehr durstig; ich verspüre brennenden Durst. Meine Schwester hat die Hände voll gepflückter Blumen; ich sehe nach, ob auf den Blumen eine Biene oder Wespe ist, die sie stechen könnte. Ich sage, sie soll die Blumen wegwerfen, sie will nicht. Sie geht mit den Blumen am Straßenrand, dann wirft sie sie ins Gebüsch. Wir gehen, die Straße schlängelt sich stärker, meine Schwester pflückt wieder Blumen. Ich ziehe ein Buch aus ihrer Tasche, ich blättere darin, im Gehen frage ich sie die Aufgabe ab, nur damit sie keine Blumen mehr pflückt. Ich sage: „Die Maus isst den Käse." Dann frage ich: „Wer isst den Käse?"

Sie schweigt, sie geht, riecht an den Blumen und will nicht antworten. Ich sage zu ihr: „Du kannst deine Aufgabe nicht." Sie sagt beleidigt: „Die Maus isst den Käse." Bald vereinen wir uns mit noch anderen Schülergruppen auf der Straße. Einer, ein gewisser Mijo, hat auf der Schulter eine Spinnwebe, weshalb wir ihn auf dem Weg die ganze Zeit necken und ihm „Spinnwebe, Spinnwebe!" zurufen. Sofort wischt er die Spinnwebe weg, aber zu spät: das ist jetzt sein Spitzname. Wir laufen, aber meine Schwester latscht noch immer langsam hinter uns her.

Vor den ersten Häusern von Letinac weichen wir zahlreichen Pfützen aus; wir sehen uns in den trüben Wasserspiegeln. An der Straße liegt ein altes Steinhaus, in dem sich auf der einen Seite eine Gastwirtschaft befindet, auf der anderen ein kleiner Laden; an der Ladentür steht mit weißer Kreide: INVENTUR. Meine Schwester fragt mich: „Was ist das, Inventur?" Ich sage, dass ich es ihr sagen werde, wenn sie mir das Geldstück gibt, ich werde eine Coca-Cola kaufen: die eine Hälfte für sie, die andere für mich. Sie zieht das Geldstück heraus, ich erkläre ihr, dass Inventur ist, wenn der Laden nicht offen ist, und deshalb gehen wir schnell zum Wirtshaus: es kostet das ganze eine Geldstück, aber wir haben keine Wahl. Wir setzen uns draußen in die dicken Rohrsessel; drinnen ist an Gästen nur der Förster mit seinen Schnürstiefeln. Gastwirt Juko steht hinterm Tresen; er ist glatzköpfig, und auf Hochzeiten singt er immer verbotene Lieder; deshalb hat ihm vor ein paar Jahren, sagt meine Baka, der Polizist Mirko im Gefängnis das ganze Haar vom

Kopf gerupft. Letztes Jahr bin ich auf dem Weg von der Schule an dem Wirtshaus vorbeigekommen, und da hat Juko zu einem drinnen laut gesagt: „Weißt du, Kamerad, wie ich sie taufen würde? Ich würde ihnen den Kopf mindestens fünf Minuten unter Wasser halten." Jetzt erzählt er von irgendeinem Betrunkenen, und der Förster lacht darüber; Juko bemerkt uns, kommt heraus und fragt: „Was wollt ihr?" „Eine Coca-Cola", sage ich und gebe ihm sofort das Geldstück. Er fragt: „Eine schwarze oder eine gelbe?" Ich sage: „Eine schwarze." Hätte ich *gelbe* gesagt, hätte er mir eine Nara gebracht; für ihn ist das alles dasselbe, Coca-Cola, Nara, Pepsi, Jupi, er unterscheidet sie nur anhand der Farbe; Schildkröte sagt, dass dies das einzige Wirtshaus auf der Welt ist, wo es gelbe Coca-Cola gibt. Juko bringt mir eine Flasche schwarze Coca-Cola: ich nehme einen tiefen Schluck und mache vor Genuss sofort die Augen zu. Ich will sie nicht schütteln, so wie das Pejo macht, denn dann hat sie hinterher keinen Druck mehr, dann bleibt auch viel weniger in der Flasche. Meine Schwester verlangt ungeduldig einen Schluck: ich gebe ihr einen Schluck, sie will mehr. Ich gebe ihn ihr, aber jetzt will sie nicht aus meiner Hand trinken; sie reißt mir die Flasche weg und ruft: „Das ist meine Coca-Cola! Das ist meine Coca-Cola!" Sie setzt sie an, sie verschluckt sich, Tränen treten in ihre Augen. „Da siehst du!", rufe ich und reiße ihr die Coca-Cola aus der Hand. Ich stehe rasch auf und halte die Flasche hoch, dass sie sie nicht erreichen kann. Sie springt, weint und streckt hartnäckig beide Arme nach der Flasche aus. Ich trinke ruhig mit erhobenem Kopf und genieße, mit der anderen wehre ich sie ab. Und wie es in der Flasche immer weniger prickelnde Flüssigkeit gibt, so lässt auch das Springen und Rufen meiner Schwester neben mir langsam nach.

Mein Freund, der Indianer

Ich gehe die Straße zum Städtchen hinunter und setze meinen Weg auf dem sich nach Šebalji schlängelnden Pfad fort; im Gehen betrachte ich den Himmel über meinem Kopf: in meinem Blickfeld erscheint ein Schwarm Vögel. Lange verfolge ich ihn mit den Augen, ich stelle mir vor, was passieren würde, wenn jetzt der wütige Bär vor mir herausspringen würde; ich würde weglaufen, er könnte mich nicht einholen: im Traum vielleicht, aber im Leben nicht. Ich gehe noch eine gute halbe Stunde, als ich hinter einem Hügel ein Dutzend Häuser erblicke, die eines wie das andere aussehen; bald habe ich diesen Čošo gefunden. Er hockt neben einem Haufen Sägespäne und repariert seine Motorsäge; er ist an die dreißig und hat für mich Ähnlichkeit mit einem großen gelben Insekt. Ich begrüße ihn mit festem Händedruck und sage sofort, dass ich seinen Indianer kaufen möchte; das Geld, das ich von Baka genommen habe, steckt in der rückwärtigen Tasche. Čošo, der mir die Hand in hockender Stellung gibt, mustert mich zuerst von unten her. Er lässt meine Hand los und sagt: „Ich gebe ihn dir umsonst, wenn du mir das Holz spaltest." Ich sage ohne zu zögern: „Gib mir ein scharfes Beil." Er steht langsam auf und ruft mich hinters Haus. Er führt mich in einen betonierten Raum ohne Fenster. Drinnen deutet er auf einen Holzklotz und einen Haufen mit der Motorsäge frisch geschnittenen Holzes: er reicht mir das Beil. Er räuspert sich und geht wortlos hinaus. Ich kremple die Ärmel auf und spalte stundenlang sein grobes Holz: die Scheite fliegen nach allen Seiten an die Wände. Wenn ich mich ein wenig ausruhe, denke ich an den Indianer, den ich sogar ins Wasser tauchen könnte. Meine Indianer und Cowboys sind alle aus Pappe. Sobald ich spitzkriege, dass jemand im Dorf Schuhe gekauft hat, gehe ich hin und bettle um die Schachtel, damit ich meine Helden auf den Karton zeichnen und mit der Schere ausschneiden kann. Aber die Leute geben mir ihre Schachteln nur selten, in ihnen halten sie die gerade geschlüpften Küken. Als ich endlich fertig bin, setze ich mich auf den ansehnlichen Haufen, dann stehe ich auf und rufe ein paarmal laut: „Čošo!" Er kommt mit einem schwarzen ölverschmierten Lappen in der Hand. Sein Blick wandert über die gespaltenen Scheite, er klopft mir auf den Rücken und sagt: „Alle Achtung." Er bückt sich, stapelt die Holzscheite in die Rückentrage und ruft mich mit einer Kopfbewegung ins Haus; er schüttet die Scheite neben den Herd, sieht erst mich an, dann nachdenklich die Kredenz; er zieht ein paar Schubladen heraus und schiebt sie wieder zu. Eine Zeit lang versucht er sich zu erinnern, wo der Indianer ist; dann glotzt er mich an, als erwarte er die Antwort von mir. Ich kriege es mit der Angst, dass er ihn womöglich nicht findet, dass ich das ganze Holz umsonst gespalten habe. Er kniet nieder, nimmt den Schürhaken und sieht unter das Bett in der Küche, dann unter das im Schlafzimmer. Er deutet mir mit einer Kopfbewegung, dass ich mich aufs Linoleum knien und ihm bei der Suche helfen soll; bald beginnt auch sein Hund, ein gutmütiger Mischling, der sich ganz rotzig von irgendwoher eingefunden hat, mit uns zusammen den Indianer zu suchen. Dann kriecht Čošo tief unters Bett und zieht, zu meiner großen Freude, den Indianer hervor. Er pustet ihn an, als wollte er ihn zum Leben erwecken: der Indianer ist rot und aus Kunststoff; in einer Hand hält er den Bogen, in der anderen den Pfeil. Als ich ihn mir genauer ansehe, stelle ich fest, dass ihm das rechte Bein fehlt, und ich erinnere mich an das Wort: Behinderter. Čošo lacht und sagt: „Das hat ihm Šarko weggefressen." Ich nehme den Indianer aus seiner Hand und stopfe ihn in die vordere Hosentasche. Dann umschließe ich ihn noch fester mit den Fingern, damit ich ihn unterwegs nicht verliere, grüße Čošo zum Abschied und mache mich auf den Heimweg.

Die Soldaten

Ich lehne mich mit dem Rücken an den hellblauen Ford
Taunus und rufe: „Maaali!" Aus dem Fenster des Hauses
sieht sein Großvater heraus; in der Hand hält er einen Teller
mit einem gelben Klacks Polenta. Er sagt: „Hinterm Haus ist
er, und ruf ihn nicht mehr so, er hat einen Namen." Seine
Großmutter mag es auch nicht, dass wir ihn so rufen. Sie
sagt: „Wenn ihr ihn Mali ruft, wird er *mali* bleiben, auch
wenn er groß wird." Ich gehe hinters Haus: ich will die Soldaten sehen, die ihm sein Vater gestern aus der Schweiz mitgebracht hat. Ich komme hinters Haus und sehe gebannt: er
hat an die zwanzig, in voller Kriegsausrüstung, in allen möglichen Farben. Ich würde gern mit ihnen spielen, aber Mali
lässt sie mich nicht anfassen. „Du darfst sie nur ansehen",
plustert er sich auf. Ich sage bei mir: „Du glaubst wohl, nur
du hast Plastikfiguren." Ich gehe nach Hause und komme
zurück: in der Hand halte ich den Indianer. Ich setze ihn auf
ein Stück Holz, so als wäre das Holz ein Pferd, und mache
im Spiel ein Pferd nach. Mali kommt hinter meinem Rücken
neugierig näher: er sieht den einbeinigen Indianer und fängt
laut an zu lachen. Ich verspüre den Wunsch, ihm kräftig eins
auf die Nase zu geben, ich kann mich kaum zurückhalten.
Am nächsten Tag komme ich wieder vor sein Haus, ich rufe:

„Tomica!" Durch das Fenster zeigt sich der zerzauste Kopf seines Vaters; ich kenne ihn nicht so gut, ich sage zu ihm: „Guten Tag!" Er nickt, gähnt und sieht hinauf zum Himmel überm Fensterrahmen. Wieder rufe ich: „Tomica!" Sein Vater schließt wortlos das Fenster, als wäre das ein Geheimzeichen, und Mali kommt heraus; in einer weißen Plastiktüte trägt er seine Soldaten. Ich gehe zu ihm, sage, dass ich gerne zusehen würde, wie er mit seinen Soldaten im Gehölz oberhalb des Hauses Krieg spielt. „Wo alles", sage ich, „wie geschaffen ist für diese Soldaten, da gibt es Steine, Gras, Farn, und wenn du da die Soldaten aufstellst, dann sieht es aus, als wären sie aus Fleisch und Blut." Mali überlegt eine Zeit lang, kratzt sich am Kopf, schaut in die Tüte. Dann sagt er: „Gut." Wir nehmen Medo mit, für den Fall, dass der Bär auftaucht. Gestern habe ich geträumt, dass er sich bei mir unterm Bett versteckt, aber er wird nicht ins Gehölz kommen: er stromert tief im Wald umher. Unterwegs schneide ich mit dem Messer zwei dünne Haselstöcke zu und spitze sie oben an, das ist, erkläre ich ihm im Gehen, falls wir Medo beistehen müssen im Kampf gegen den Bären. Wir kommen ins Gehölz und setzen uns unter einen ausladenden Baum. Ich sehe Mali zu, wie er begeistert mit seinen Soldaten spielt. Dann stehe ich langsam auf, ich horche; ich sehe zu Mali und lege rasch den Finger auf den Mund; ich flüstere ihm zu, dass ich im Busch hinter unseren Rücken gerade einen Hasen bemerkt habe; ich nehme den angespitzten Stock und rufe mit aufmunternder Stimme: „Fass ihn, Medo!" Schnell laufe ich zu dem Busch, der Hund folgt mir: hinter uns läuft Mali mit seinem angespitzten Stock. Ich renne immer schneller, ich rufe, dass ich den Hasen sehe, im Laufen deute ich Mali, dass er mir folgen soll. Dann drehe ich mich plötzlich um, mache eine scharfe Kurve, gerate ihm aus der Sicht: ich renne durch das Gebüsch zu seinen Soldaten. Ich nehme sie und verstecke sie im nächsten Gestrüpp. Einen schneide ich auf die Schnelle mit dem Messer an, breche ihn in der Mitte durch und werfe eine Hälfte weit weg, die andere lasse ich liegen; ich kehre schnell zu Mali zurück, ganz außer Atem. Er läuft noch immer wirr im Gehölz hierhin und dahin und stochert mit der Stockspitze überall nach dem Hasen. Er hält inne, sieht mich an und dreht fragend den Kopf hin und her, wo ist der Hase. Ich sage, scheinbar wütend: „Abgehauen!" Jetzt kehren wir zu unserem Baum zurück; ich komme und fasse mir an den Kopf, ich tue, als wäre ich von dem Anblick völlig schockiert, ich presse hervor: „Medo hat die Soldaten gefressen." Ungläubig starrt Mali auf die Stelle, wo sie kurz zuvor noch gestanden haben. Er sieht mich an und beginnt mich in schrillen Tönen zu beschimpfen: er schreit: „Du bist schuld! Hätten wir nicht im Gehölz gespielt, hätte Medo meine Soldaten nicht gefressen! Du bist schuld!" Er weint, kann sich kaum auf seinen wankenden Beinen halten. Dann wirft er sich in seiner Verzweiflung auf die Knie, als wollte er zusammen mit seinen Soldaten beten. Er nimmt die eine Hälfte des Soldaten in die Hände, starrt mich mit Tränen in den Augen an: sein Haarschopf flattert im Wind; er beginnt außer sich vor Verzweiflung zu kreischen: „Aaaaaaaaa …" Er packt den angespitzten Stock und wirft ihn wie einen Speer nach Medo, verfehlt ihn aber. Er will es wieder tun, aber da stürze ich hinzu und fange an, den völlig verwirrten Medo mit dem Stock auf den Rücken zu schlagen; ich laufe hinter ihm her und rufe: „Du wirst mir für die Soldaten bezahlen!" Dann hat er endlich kapiert und flüchtet hinunter zum Dorf, jaulend und ständig die Richtung ändernd.

Kino

Zum ersten Mal gehen wir ins Kino; Mali will auch mit, aber Pejo sagt: „Du bist noch zu klein fürs Kino." Kaum kommen wir an dem Tag aus der Schule, schwindeln wir drei unseren Müttern etwas vor: wir sagen, dass wir Setzlinge zum Bewalden holen müssen, das sei ein Auftrag unserer Lehrerin Vahida. Die Setzlinge kommen, sage ich zu meiner Mutter, mit dem Bus aus Rijeka, und da die Sonne erst spät untergeht, erkläre ich ihr, sind wir noch bei Tageslicht wieder zurück. Mutter nickt nur zustimmend und sagt: „Passt auf, wenn ihr über die Straße geht." Unmittelbar vor der Fahrt kriegt Pejo plötzlich hohes Fieber, er bleibt zu Hause im Bett; Nenad und ich müssen ihm versprechen, ihm den ganzen Film detailliert zu erzählen. Wir verabschieden uns von ihm, der traurig und mit einem feuchten Lappen auf der Stirn daliegt, und gehen zu Fuß ins Städtchen; ich habe Vaters Taschenlampe eingesteckt, ich habe sie in der Gesäßtasche, und Nenad hat in der leeren Schultasche Vaters schärfstes Messer versteckt; das mit dem Griff aus Hirschhorn. Wir gehen auf der leeren Straße, hoffen, dass ein Lastwagen vorbeikommt, der Baumstämme fährt: es kommt erst einer unmittelbar vorm Städtchen, aber er fährt in Richtung Dorf. Wir kommen angepilgert und drücken uns zuerst im

Zentrum herum: dort wird an der grauen Wand des Gemeindeamts, in einem mit Glas bedeckten Holzkasten, jeden Freitag das neue Filmplakat angeschlagen. Insgeheim hoffen wir, dass es einen sexy Film gibt: vielleicht *6 Schwedinnen von der Tankstelle*; von dem hat uns letzte Woche Schildkröte genauestens erzählt. Er sagte: „Man sieht alles.“ Als wir das Plakat aus der Nähe sehen, sind wir noch zufriedener, als wenn es der gewesen wäre: dieser heißt: *Der linkshändige Sheriff*. Bis zum Beginn der Vorstellung schlendern wir durchs Städtchen. Wir besehen uns die Schaufenster, am längsten bleiben wir vor dem Schaufenster der Eisenwarenhandlung stehen, in der es eine Fotografie des Fußballklubs aus dem Ort gibt. Links unten hockt Schildkröte; aus dem Laden beäugt uns durch die Fensterscheibe ein Spieler, der hier auch der Verkäufer ist: auf dem Bild steht er in der oberen Reihe links. Vor dem Kino kaufen wir im Gemischtwarenladen noch einen Liter Coca-Cola. Wir trinken ihn aus und gehen langsamen Schritts Richtung Kino: das ist ein ebenerdiges Gebäude, gedeckt mit einem neuen Blechdach: noch sehen wir niemanden vor dem Kino. Ich befürchte schon, dass der Film vielleicht abgesagt wurde. Aber da erscheint ein hagerer Mann in blauem Kittel, das Haar so gekämmt, dass es seinen kahlen Scheitel bedeckt; unter der Achsel trägt er zwei Blechrollen: wie zwei Käseräder. Er steht am Kinoprojektor, er verkauft auch die Karten. „Wann fängt es an?“, fragt ihn Nenad. Er sagt dienstlich: „Kauft die Karten und wartet.“ Wir kaufen sofort die Karten bei ihm, wir kriegen die erste Reihe, Sitz 1 und 2, wir sind glücklich, dass wir als Erste gekommen sind und diese beiden Sitze ergattert haben. Etwas später beginnen sich die Leute vor dem Kino zu versammeln. Bald lässt uns der Mann im blauen Kittel in den hallenden Saal. Drinnen ist es warm, weil es auch draußen warm ist, und in einer dunklen Ecke steht ein großer silberfarbener Ofen. Jetzt brennt er nicht, aber ich habe von Schildkröte gehört, dass der Mann im blauen Kittel, um Holz zu sparen, im Winter eine brennende Kerze in den Ofen stellt: alle glauben, dass der Ofen brennt. Wir setzen uns auf die hölzernen Sitze, heben den Kopf: gespannt warten wir, dass der Film endlich anfängt. Dann hört man von irgendwoher laute Musik: hinter der Wand galoppieren schon die maskierten Reiter. Sie kommen direkt auf uns zu, sodass wir beide den Kopf einziehen, denn uns scheint, dass sie mit den Hufen direkt auf uns zuspringen. Nachdem der Sheriff die fünfköpfige Bande erledigt hat und der Film zu Ende ist, bleiben alle noch ein paar Minuten sitzen; bewundernd sehen wir auf die weiße Leinwand; auf ihr ist alles möglich: selbst dass meine Krankheit für immer verschwindet. Am liebsten würde ich den Film noch einmal sehen, und das sofort, wenn möglich. Dann tritt der Mann im blauen Kittel vor die Leinwand und sein Schatten ruft von oben herunter: „Bitte sehr, fertig für heute Abend!" Langsam erheben wir uns und gehen hinaus vor das Kino. Ich beneide die, die im Ort leben, sie haben ein Kino und werden dazu noch in wenigen Minuten zu Hause sein, wir zwei müssen aber noch kilometerweit durch die Dunkelheit. Wir gehen und reden nichts; ich weiß nicht, an was Nenad denkt, aber ich denke noch immer an den Film. Ich bin auch schon ganz aufgeregt, dass ich ihn Pejo erzählen werde; es ist noch dunkler geworden, und so schalte ich die Taschenlampe ein, strecke den Arm aus und leuchte vor unsere Füße; ständig treten wir durch dieses unruhige Licht. Überall Stille, man hört nur, wie kleine Steine unter den Schuhen knirschen; jetzt sind wir im Wald, der schlimmste Teil des Wegs, die Dunkelheit ist hier noch dichter, und von allen Seiten beginnen die Wölfe zu heulen: als hätten sie uns gerade gewittert. So haben sie auch an jenem Abend geheult, als ich mit meiner Mutter aus Rijeka zurückkam und sie im Wald meine Hand viel stärker presste, schneller ging und mit lauter Stimme rief: „Ohoo, ohoo, ohoo …" Das Echo antwortete: „Hoo, hoo, hoo …" Ich hole Nenad ein, ich schlage ihm vor, dass auch wir rufen. Ich sage zu ihm, so werden wir die Wölfe erschrecken.

Die Jagd

Vater nimmt das Jagdgewehr von der Wand und kippt den Lauf überm rechten Knie. Er sieht durch den unteren, dann den oberen gezogenen Lauf in die Glühbirne. Dann nimmt er aus der oberen Schublade fünf rote, drei grüne und zwei gelbe Patronen. Mir sind die roten die liebsten: die sind für den Bären. Aber er braucht die grünen: die sind fürs Rehwild. Die gelben enthalten viele kleine Kugeln und sind für Vögel. Mutter wäscht die Brotbackform und sagt: „Gehst du jetzt oder morgen früh?" Vater sagt: „Was kann ich wohl in der Dunkelheit schießen, ich geh in der Früh." Ich hebe den Kopf und frage Mutter leise: „Kann ich?" Vater sagt: „Nur das fehlt mir noch im Leben." Mutter wischt die Backform aus und schiebt sie ins Regal. „Lass ihn mitgehen, falls er so früh wach wird", sagt sie und sieht Vater an. „Ich werde wach sein", sage ich. „Nimm ihn mit", sagt Mutter leise, „du siehst doch, wie er dich ansieht." Mir ist es unangenehm wegen Mutters Worten und ich ziehe sie am Ärmel. Vater nimmt einen Lappen, putzt den Gewehrlauf und sagt nach einiger Zeit ins Gewehr: „Ich gehe sehr früh, wenn du nicht auf den Beinen bist, werde ich nicht auf dich warten." Ich stehe auf, sage, dass ich mich ausschlafen gehe, und verschwinde glücklich in mein Zimmer. Die ganze Nacht schlafe ich nicht, damit Vater nicht ohne mich auf die Jagd geht. Ans Bett habe ich mein Holzgewehr gelehnt; das hat mir Opa Pave gemacht. Mutter öffnet die Tür und sagte leise zu Vater: „Er schläft." Ich springe auf die Füße und rufe: „Nein, ich schlafe nicht!" Schnell ziehe ich mich an, werfe mir das Gewehr über die Schulter, aber Vater sagt im Hof: „Lass die Zaunlatte zu Hause." Er wirft sich sein echtes Gewehr über die rechte Schulter, zerteilt mit den Füßen das morgendliche Dunkel und strebt mit raschem Schritt bergan. Der Nebel ist dicht, vermischt mit Dunkelheit, aber als wir auf den Wald zugehen, verdünnt er sich immer mehr; die grüne Farbe des Waldes wandert deutlich sichtbar von Blatt zu Blatt. Nach einer Stunde Gehen und nur zweimal Stehenbleiben, um zu lauschen, stehen wir auf dem kahlen Berggipfel; dann steigen wir zur anderen Seite ab. Vater geht immer langsamer und lauscht immer mehr. Ich gehe hinter ihm und versuche mit meinen Füßen seine großen Fußstapfen zu treffen: das gefällt mir. Vater kommt ganz an den Rand des dichten Walds: das Gras auf der Lichtung geht mir bis an die Knie, und es ist so still, dass wir beide hören, wie ein Käfer im nahen morschen Stamm unentwegt am Schaben ist. Vater ist stehen geblieben, er hockt sich hin, legt die Decke auf das feuchte Gras, sagt, dass ich mich hinlegen, aber nicht bewegen soll. Sofort lasse ich mich auf die Decke nieder, strecke mich aus und lege den Kopf auf die Hände. Vater legt sich neben mich auf die Seite; ich erinnere mich nicht, dass wir irgendwann einmal so nahe nebeneinander gelegen hätten. Er nimmt im Liegen das Gewehr von der Schulter und kehrt den Doppellauf zur Lichtung; ich wünsche mir, dass der Bär erscheint, dass ihn mein Vater tötet; das ist mir lieber, als dass sich ein Reh zeigt. Wir liegen da. Lange liegen wir so in der Stille, und mein Blick verliert sich im endlosen Grün des Walds: wir schweigen und warten. Dann taucht am Horizont ein seltsames Tier auf, grün, wie ausgedacht. Wir sehen es, wir atmen nicht: niemals habe ich ein solches Tier gesehen. Vater drückt das Gewehr fest an die Schulter, er zielt: BUMM, BUMM. Das Tier hebt sich jäh auf die Hinterbeine, so aufgerichtet bleibt es stehen, als wollte es uns besser sehen, dann wälzt es sich langsam auf den Rücken. Vater springt auf, zieht das Jagdmesser aus dem Futteral, läuft hin, dreht es grob mit dem Fuß um. Ich laufe hin, ich weiche zurück: am Kopf hat es viele kleine Löcher, aus denen langsam das Blut sickert. Vater schultert das Gewehr, packt das blutverschmierte Tier an den Hinterläufen und wirft es sich geschickt über den Rücken; wir gehen zum Dorf zurück, wir reden nichts, ich frage ihn: „Was ist das für ein Tier?" Er sagt: „Was immer es ist." Absichtlich bleibe ich etwas zurück, denn der Gestank von dem Tier ist so stark, dass ich mit den Fingern fest die Nasenlöcher zudrücke; Vater geht und tut so, als ob es für ihn nicht stänke. Als wir zu Hause sind, wirft er das Tier ab und zieht den blutigen Mantel aus. Mutter, Baka und meine Schwester umkreisen und besehen das unbekannte Tier von allen Seiten. Meine Schwester sagt: „Aber das stinkt." „Und was, wenn es stinkt?", sagt Vater. „Aber was ist das für ein Tier?", fragt meine Schwester. Baka sagt: „Ich glaube, es ist ein Dachs." Meine Schwester presst beide Hände auf die Nase und flüchtet vor dem Gestank, und hinter ihr verschwindet achselzuckend auch Mutter. Vater geht das Gewehr wegstellen und kehrt nervös zurück. „Mir sieht es auch nach einem Dachs aus", sagt Vater, „kann man Dachs essen?" Baka macht ein ekliges Gesicht und sagt: „Du siehst doch, mein armer Junge, wie das Ekel stinkt." Ich sehe zu Baka, ich grinse, und Vater versetzt mir im selben Moment eine Ohrfeige; die hallt mir im Kopf wider wie der Schuss aus dem Doppellauf. Dann packt er wütend den Dachs, falls es ein Dachs ist, und schleppt ihn noch wütender zum nächsten Unterholz; er tut das, als wollte er ihm beide Beine ausreißen. Am Abend ziehen die Sterne am Himmel glühende Schwänze hinter sich her, und vom Unterholz trägt der Wind beißenden Kadavergestank zu unserem Haus herüber. Irgendwann gegen Mitternacht nimmt Vater eine Schaufel und verschwindet im dichten Unterholz: er flucht und gräbt. Die dumpfen Schläge der Schaufel auf die Erde füllen noch lange die leere Nacht. Dann kehrt Vater mit der Schaufel auf der Schulter durch die Dunkelheit zurück, ich sehe für einen Augenblick, wie da der Dachs mit der Schaufel auf der Schulter zurückkehrt.

Der Ausflug

Mali und ich sind mit „ausgezeichnet" durchgekommen, Nenad gerade so eben, aber Pejo ist sitzen geblieben; er schlenkert die Straße entlang und versucht den Einser zu löschen, er rubbelt mit angespucktem Brot darauf herum, er will einen Zweier drüberschreiben. Aber aus seinem Einser, der mit blauer Füllfeder geschrieben ist, ist jetzt ein Fleck geworden: besser, dass er es überhaupt nicht zu Hause zeigt. Pejo zuckt die Achseln. Er weiß nicht, was er noch machen soll. Er öffnet das Heftchen, schließt es, hält den hingeschriebenen Zweier vom Kopf weg, hält ihn sich traurig vor die Augen. Er fragt uns: „Merkt man das?" Wir zucken ohnmächtig die Achseln. Er sieht uns an und presst die Zähne zusammen, als bekäme er schon jetzt unsichtbare Prügel. Mir tut Pejo leid, aber ich bin glücklich, dass ich das Jahr mit „ausgezeichnet" geschafft habe und dass ich dieses Jahr mit auf den Ausflug kann. Mutter hat gesagt: „Wenn du mit ‚ausgezeichnet' nach Hause kommst, darfst du mit." Aber mein Vater ist nicht einverstanden: für ihn sind Ausflüge rausgeworfenes Geld. Mutter redet jeden Tag hartnäckig auf ihn ein. Gestern ist er deshalb beim Mittagessen wütend geworden, ist aufgestanden und hat hinter sich die Stellage mit den Töpfen umgeworfen. Meine Schwester hat angefangen zu weinen, und Baka hat sich bekreuzigt und gesagt: „Verrückt und lebt doch." Sie hat ihm nachgerufen, dass sie mir das Geld für den Ausflug geben wird, obwohl sie hinzugesetzt hat: „Was zum Teufel bringen sie euch ausgerechnet da hin?"

Am Ende gelingt es Mutter doch irgendwie, Vater herumzukriegen: er schnaubt nur noch wütend durchs Haus. Am Abend backt Mutter Krapfen, damit ich sie am Morgen auf den Ausflug mitnehmen kann, und Baka hat mir vor dem Schlafengehen heimlich einen violetten Zwanziger in die Tasche gesteckt. Ich lege mich ins Bett, schlafe, wache auf und erinnere mich, dass ich Bakas Geldschein aus der alten Hose nehmen und in die neue stecken muss: dass ich ihn nicht vergesse. Ich suche in den Taschen, aber ich kann ihn einfach nicht finden. Ich stehe auf, ertaste in der Hose die Streichhölzer. Ich zünde eines an und suche den Geldschein; ich finde ihn im Bett. Ich stecke ihn in die neue Hose, schlafe wieder ein und träume, dass mir Vater ein Pony-Fahrrad gekauft hat und sagt, du darfst nur auf dem Feld fahren, auf der Straße kann dich ein Auto überfahren: ich fahre auf dem Feld. Danach träume ich, dass wir beide im Pflaumengarten sitzen und nächtelang Schnaps brennen und am Feuer unsere erfrorenen Hände wärmen. Ich stehe schon im Morgengrauen auf, obwohl der Autobus uns erst viel später abholen kommt. Ich setze mich auf den Bettrand, nehme die Tasche, die Mutter für mich vorbereitet hat. Ich frühstücke eine Scheibe Marmeladenbrot, winke Mutter und Baka zu, gehe los, um auf den Bus zu warten; ich passe auf, dass ich auf dem Weg nicht Vater in die Arme laufe. Aber er mäht die Wiese an der Straße, und ich muss gerade jetzt an ihm vorbei; ich komme näher und sage leise über den Zaun zu ihm: „Ich geh dann jetzt." Er hält inne und sieht mich wütend an. Ich gehe und überlege, dass ich ihn vielleicht besänftigen kann, wenn ich mit einem guten Souvenir zurückkomme. Letztes Mal, als ich vor ein paar Jahren nach Plitvice gefahren bin, habe ich einen lackierten Holzschuh mit einem kleinen Kissen gekauft, in das man Stecknadeln hineinstecken und aufbewahren kann. Als ich zurückkam und das Souvenir zeigte, sagte Mutter, dass es schön sei, und Baka sagte, dass wir gerade so etwas im Haus gebrauchen können, er hat mich nur kurz angesehen und gesagt: „Besser, du hättest ein Kilo Bananen gekauft." Ich überlege, etwas Nützliches fürs Haus zu kaufen, ich weiß nur nicht, was. Ich höre den Autobus. Er ist genauso voll, wie wenn die älteren Schüler zum Unterricht ins Städtchen fahren: die Lehrerin Vahida fordert zwei aus meiner Klasse auf, dass sie mal ein bisschen zur Seite rücken. Auf dem weichen Sitz für zwei sitzen wir zu dritt; es tut mir leid, dass Pejo und Nenad nicht dabei sind. Wir fahren stundenlang, der Fahrer unterhält sich mit der Lehrerin: seine Stimme ist gedämpft, als käme sie aus dem Motor vom Autobus. Wir fahren noch eine kurze Zeit, dann sind wir endlich da. Dort erwartet uns am Eingang ein großer Mann in dunklem Anzug. Er schüttelt der Lehrerin herzlich die Hand, dann sagt sie zu uns: „Das ist unser Genosse Führer." Er begrüßt uns und führt uns langsam hinein, zwischen die Wände, wo im Krieg, sagt er, von der Hand der Ustascha viele unschuldige Menschen umgebracht worden sind. Unangenehm ist mir, dass die Menschen hier von Leuten umgebracht wurden, die Uniformen trugen wie mein Großvater, aber bei der Mehrzahl in der Klasse war der Großvater Ustascha, und da ist es mir leichter; der Genosse Führer führt uns über ein lange Treppe zuerst in das kühle Erdgeschoss: dort gibt es einen runden Kinosaal. Wir versinken in den weichen roten Sesseln, und mir kommt sofort der Wunsch, eines Tages zu Hause auch so einen bequemen Sessel zu haben. Viele halten während des Films die Hände vors Gesicht, ich sehe den ganzen Film ohne die Hände vor den Augen: ich drehe nur den Kopf weg, als ein junger Ustascha einen Mann abschlachtet und das lange blutige Messer ableckt. Kurz danach ist der Film aus, alle Lichter gehen an; meine Augen sind voll blitzender Messer. Der Genosse Führer ist aufgestanden, er geht vor uns auf und ab, links, rechts, er erzählt von der Entstehung des Lagers und sagt, dass die Geschichte ein derart grausames Quälen und Töten von Menschen nie zuvor gekannt hat. Er spricht zu uns davon, dass die Ustascha-Leute im Lager, so wie ihr Führer Hitler auch, besonders grausam zu den Schwachen und Kranken gewesen sind. Er führt uns zu einer Reihe stickiger Zimmer, in denen die Lagerinsassen gehaust haben, er zeigt Gegenstände der Ermordeten; dann führt er uns zu den zerschlagenen Brillen: ein Glas hat in sich ein Loch, wie wenn ein Stein die Windschutzscheibe trifft. Der Genosse Führer zeigt uns diese Brillen mit den Drahtgestellen und erzählt von dem Mann, der im Lager nur diejenigen, die Brillen trugen, ausgesucht und umgebracht hat. Er erzählt, als würde er laut nachdenken, er sagt: „Dieser Ustascha hasste kluge Menschen." Ich sehe zu Vinko hin, der in unserer Schule als Einziger eine Brille trägt, obwohl er nicht der beste, sondern einer der schlechtesten Schüler ist; er hat so wie ich einen langen, dünnen Hals: uns könnte man leicht abschlachten. Danach steigen wir in den Bus und fahren nach Hause. Dichte Dunkelheit fällt ein, und viele im Bus schlafen, aber schrecken oft aus dem Schlaf auf. Vinko schläft und schreit: „Tut mir nichts!" Ich kann nicht einschlafen. Was immer ich sehe, Vinko, mich selbst in der Fensterscheibe, die Scheinwerfer der Autos, alles erinnert mich an die Bilder aus dem Lager.

Wohin das Wasser geht

In unserem Dorf kann keiner schwimmen, außer Schildkröte. Er setzt sich im Sommer auf sein Motorrad und braust ans Meer. Vor dem Dunkelwerden ist er zurück: das Meersalz glitzert in seinem Haar. Bei uns im Dorf gibt es keinen Fluss, keinen Bach, es gibt überhaupt kein Wasser, außer in der Zisterne, und so haben wir nichts, wo wir schwimmen lernen könnten; das Meer ist nur eine Stunde Fahrt vom Städtchen entfernt, aber die Eltern lassen uns im Sommer nicht hin, weil wir dann mähen, Heu machen, Korn dreschen. Sie lassen uns nur, wenn Mariä Himmelfahrt ist. Leider fängt es jedes Mal, wenn dieser Tag kommt, wie zum Hohn zu regnen an, und dann ist es wieder nichts mit dem Meer. Es ist heiß, und in den letzten Tagen denke ich oft ans Meer. Am Sonntagmorgen bin ich früh aus dem Bett und halte im Dorf Maulaffen feil; Vater hat noch früher das Gewehr genommen und das Vieh in den Wald getrieben, damit es sich satt weidet: er hat auch die Axt mitgenommen und wird oben Holz schlagen, denn das Viehhüten sieht er als Ausruhen an und er sagt, er hat keine Zeit zum Faulenzen. Als er das Vieh losband, hat er zuerst auf den Bären geflucht, dann auf Medo, der um die Rinder herumrannte und fröhlich bellte. Ich möchte, dass Vater möglichst lange im

Wald bleibt: wenn er nur nicht zu Hause ist. Das Beste wäre, er würde den Bären töten und dass dann ich mit den Kühen in den Wald kann, wenn er zu Hause ist. Dann gehe ich langsam in den Hof von Opa Pave. Er sitzt unter der Linde und wechselt die Batterien im Radio. Er ist sehr abgemagert, und seine violetten Hände zittern so, dass er die Batterien kaum einsetzen kann. Als er den Deckel zugeklappt hat, steht er auf und sagt zu sich selbst in seinen buschigen Bart: „Jetzt habe ich Ruhe bis zum Tod." Ich finde es schade, dass es sonntagnachmittags kein Spiel gibt, das wir beide gespannt hören könnten, denn im Fußball ist jetzt Sommerpause. Er fragt mich, ob ich was gegessen habe. Ich schüttle den Kopf, er sagt, dass es bei ihm auf dem Tisch Brot und Wurst gibt, wieder schüttle ich den Kopf. Dann sagt er, dass er sich von dieser Hitze nicht gut fühlt: dass er sich auf die Ottomane legen muss. Ich grüße ihn und stromere weiter durchs Dorf.

Etwas später marschiere ich zur Rückseite unseres Stalls, dort wo der Schatten zu dieser Tageszeit am dichtesten ist, wo aber auch frische Brennnesseln stehen, und so bin ich vorsichtig. Ich strecke mich hin, fahre mit der Hand meine mageren weißen Beine entlang und träume vom Meer: vom Liegen am Strand, vom Schwimmen; da schießt mir ein Gedanke durch den Kopf. Ich stehe auf, gehe zu Pejo und Nenad und erkläre es ihnen ausführlich. Sofort setzen wir uns in den Schatten und beratschlagen, wo wir dieses Bassin ausheben könnten. Wir sind uns einig, dass wir es auf Niemandsland errichten werden: diese Parzelle liegt sonnseitig über unserem Dorf; dort gibt es immer am meisten Sonne, und so wird die Sonne mithelfen, dass sich das Wasser im Bassin erwärmt. Wir nehmen heimlich Krampen und Schaufeln von zu Hause, markieren ein drei Meter langes, zwei Meter breites Stück mit Sand und fangen an zu graben. Zuvor haben wir entschieden, dass es reichen wird, einen Meter in die Tiefe zu graben; wir können ohnehin nicht schwimmen, und da ist es nicht klug, wenn unser Bassin zu tief wird. Wir graben. Wir graben tagelang. Es ist heiß, wir atmen schwer. Als wir fertig sind, stehen wir drei todmüde in der Erde. Ich sehe zum Himmel hinauf; ich halte Ausschau nach dunklen, tintigen Wolken, die sich dort vielleicht sammeln. Morgen ist Mariä Himmelfahrt, aber zum ersten Mal in den letzten Jahren wird es, wieder wie zum Hohn, keinen Regen geben. Pejo sieht am längsten zum Himmel empor. Er sagt und blinzelt dabei mit einem Auge, dass ihm doch scheint, dass sich dort irgendwo etwas Dunkles sammelt. Nenad sagt: „Ich sehe nichts." Am nächsten Tag ist es wieder sonnig, und die Nacht ist voll funkelnder Sterne; tagelang warten wir auf den Regen. Aber dann fängt es doch an zu regnen, und jetzt warten wir darauf, dass es endlich wieder aufhört; als am Nachmittag nach dem Regen plötzlich die Sonne scheint, rennen wir los und bleiben vor dem Bassin stehen: die Erde hat uns das ganze Wasser weggetrunken. Am Abend gehen wir heimlich nach Letinac. Wir springen über einen Stacheldraht, klauen von einem Heuballen eine große Plastikplane und legen damit das Bassin aus, damit uns das Wasser nicht wieder in der Erde versickert; jeden Tag warten wir gespannt auf neuen Regen. Aber als er nach einigen Tagen kommt, fällt er wieder so heftig, dass er fast jedes Loch in der Erde füllt. Kaum hört er auf, rennen wir, obwohl die Sonne nicht scheint, zum Bassin: Nenad kommt als Erster an, zieht alles aus bis auf die Shorts, hält ein Bein ins Wasser und sagt begeistert: „Warm!" Im selben Moment, als ich und Pejo uns anschicken, ins Wasser zu steigen, kommt Opa Mile aus dem Wald, treibt uns mit dem Stock auseinander und ruft: „Jetzt hat meine Kuh was, wo sie Wasser trinken kann!" Schon steht sie mit allen vier Beinen im Bassin: gierig schlürft sie das Wasser. Sie will aus dem Bassin herauskraxeln, da lässt sie noch einen gelben Placken ins Wasser fallen; bevor sie ganz herausspringt, stützt sie sich auf die Hinterbeine, und die Kunststoffplane unter ihr platzt mit einem Knall. „Pička ti materina, da ti pička materina stara!", schreit Pejo verbittert hinter Opa Mile her, aber er ist schon weg: man hört nur, wie er die Wiese hinunter fröhlich eine seiner Melodien pfeift. Nenad spuckt ins Bassin, das immer leerer wird, und noch einmal Opa Mile hinterher, ich schlage vor, dass wir das Bassin flicken. „Aber dann wird uns das alte Ekel morgen die Kuh wieder hertreiben!", sagt Pejo und blickt auf die Kuhscheiße am Boden des Bassins; ich rufe die beiden heran und sage, dass ich eine viel bessere Idee habe. Wenn es wieder voll ist, sage ich noch leiser und mache eine Bewegung mit den Fingern, als würde ich gerade das Essen salzen, tun wir etwas ins Wasser, ich will sagen, Gift, aber ich sage: „Etwas."

Der Tod

Baka kommt ins Haus, geht an den Herd und sagt zum blauen Topf, in dem die Kartoffeln kochen: „Pave ist gestorben." Ich warte, bis sie wieder draußen ist, dann steigen mir die Tränen in die Augen; ich gehe zum Wasserhahn, drehe ihn auf, trinke Wasser aus der Hand. Ich richte mich auf, höre, wie Baka im Hof zu Mutter sagt, dass Nenads Vater Opa Pave tot unterm Tisch gefunden hat; er war zum Messerschleifen gekommen und hat ihn dort zusammengekrümmt entdeckt. „Er hat sein Leben gelebt", sagt meine Mutter. Ich gehe unbemerkt aus dem Haus. Ich klettere über die Leiter auf den Heuboden. Ich lege mich ins Heu und weine untröstlich. Eine Zeit lang weine ich so laut, dass ich meinen Kopf tief ins Heu drücken muss; dann schlafe ich ein. Ich träume, dass ich eine Harmonika habe, dann bin ich gestorben, und sie haben mich mit dieser gelben Harmonika begraben. Irgendwie habe ich mich ausgegraben; ich gehe, ich spiele, und alle flüchten in Panik vor mir. Als ich aufwache, bin ich im ersten Moment froh, dass ich vorhin das von Opa Paves Tod auch geträumt habe: ich weine und wische mir das nasse Gesicht mit zerrupftem Heu ab. Ich hole tief Luft, stehe auf und steige die Leiter hinunter: wenig später gehe ich zum Haus von Opa Pave. Ich schleiche herum;

drinnen sind mein Vater und noch einige Leute aus dem Dorf; ich trete über die hölzerne Schwelle und erblicke von der Tür aus Opa Pave: reglos liegt er da, ein Arm hängt schlaff am Bett herunter. Dann kommt es mir vor, als würde dieser Arm ein wenig pendeln, als wäre Opa Pave für einen Moment wieder lebendig. Aber da ist jemand von den Leuten am Bett vorübergegangen und hat sich am toten Arm verhakt.

Auf dem Tisch steht ein Glas voller Geldscheine; das Geld, das er für seinen Sarg und die Beerdigung zurückgelegt hat. Mein Blick wandert durch den Raum, ich suche das Radio. Ich sehe es nirgends. „Wo ist das Radio?", frage ich Pejos Vater, er sagt: „Hat Beine gekriegt." Dann sagt er viel lauter, dass ihn alle im Haus gut hören: „Gut, dass das ganze Geld hier im Glas ist!" Ich sehe noch eine Zeit lang regungslos zu Opa Pave hin. Ich gehe nach Hause, wieder weine ich, im Hof wische ich mir die Tränen ab. Meine Schwester fragt: „Warum weinst du so viel, das ist doch nicht unser Opa?" „Verschwinde, dumme Kuh", stoße ich hervor, „du kriegst eine!" „Versuch es nur!", sagt Mutter. Sie bringt einen Kübel frisch gemolkener Milch aus dem Stall und sagt im Vorbeigehen: „So wirst du nicht mal mir nachweinen." Ich trete an mein Bett, lasse mich reinfallen, es kümmert mich nicht, dass Mutter böse sein wird, weil ich mich in den schmutzigen Sachen hingelegt habe. Inzwischen ist es dunkel geworden, und ich bin wieder beim Haus von Opa Pave; die Leute aus dem Dorf füllen sein ganzes Haus: nicht einmal Schatten hätten Platz zum Stehen. Sie reden, trinken

Bier, Wein, Schnaps. Opa Pave liegt ausgestreckt auf dem Bett. Gekleidet in schwarze Schuhe, schwarze Hose und weißes Hemd. Die Hand, die am Bett herabgehangen hat, ist jetzt fest an den Körper gelegt; ich kann mich in dem Gedränge kaum bis zur Zimmerecke durchschieben. Der Schweiß rinnt mir übers Gesicht, es ist heiß, stickig; auf der anderen Seite gewahre ich Nenad und Pejo. Sie winken mir. Ich grüße sie mit einem kaum merklichen Aufziehen der Augenbraue: verstohlen betrachte ich Opa Pave. Seine Augen sind geschlossen, als würde er schlafen, sein Gesicht ist rasiert und sein Mund mit einem schwarzen Faden zugenäht.

Gegen Mitternacht erhebt sich der Opa von Mali und sagt, dass man eine Anzeige in die Zeitung setzen muss; er schraubt seinen schwarz-grünen Füller auf, schreibt etwas auf ein Papier und fragt, ob es ein Foto von Opa Pave gibt. Die Leute zucken die Achseln, Opa Mile sagt, dass Opa Pave keinen Personalausweis hatte, keinen Pass, kein Bild von sich an der Wand. Dann meldet sich aus dem anderen Raum Pejos Vater und sagt, dass er ein altes Bild hat, aber er sagt, dass er es erst irgendwo zu Hause suchen muss. „So, Leute", sagt der Opa von Mali und hält mehrere Geldscheine ins Licht, „alles ist bezahlt, es ist noch Geld übrig für eine Anzeige." Schnell gehe ich mit Baka nach Hause, aber die Leute kommen immer noch; sie können nicht hinein, deshalb stehen sie draußen und rauchen; im Dunkeln beleuchten die Zigaretten ihre Augen. Am Morgen werde ich ganz früh wach. Ich schlafe wieder ein und werde wieder wach. Ich gehe in den Stall, nehme die Bürste mit den Eisenzinken, stecke sie auf die Hand und striegle die Kühe lange und ausdauernd: das beruhigt mich. Ich bin so ins Striegeln vertieft, dass ich nicht höre, wie Vater in den Stall kommt. Er trägt die kaffeebraune Hose von seinem einzigen Anzug und sein schwarzes Hemd, er sagt „nun mach schon" und geht sofort wieder hinaus. Ich nicke, binde die Kühe los und treibe sie oberhalb des Hauses hinauf. Ich habe sowieso nicht vorgehabt, auf den Friedhof zu gehen, ich könnte das nicht ertragen. Etwas später liege ich auf dem Wiesenhang und sehe dem Trauerzug zu: ich weine, wische die Tränen mit dem Ärmel ab, und mein Blick zerbröselt unter den riesigen Hinterrädern des Traktors, der den Wagen mit dem Sarg zieht und langsam hinter der scharfen Kurve verschwindet. Als ich am frühen Abend mit den Kühen wieder zu Hause bin, gehe ich direkt ins Bett, ziehe die Decke über den Kopf und fahre fort mit dem Weinen. Als Mutter ins Zimmer tritt und sagt, ich solle zum Abendessen kommen, tue ich so, als würde ich tief schlafen. Aber ich kann die ganze Nacht kein Auge zumachen. Am Morgen stehe ich viel früher auf für die Schule; lange suchen meine Füße in der Dunkelheit nach den Schuhen; ich frühstücke nicht, ich wasche mich nicht, ich melde mich bei niemandem im Haus ab: ich schleiche mich nur hinaus. Auf halbem Weg aus dem Nebel holt mich der Briefträger ein, der vermutlich ein sehr wichtiges Telegramm bringt, wenn er so früh schon auf der Straße ist. Er bringt seinen *kolibri* zum Stehen, fragt mich, aus welchem Dorf ich bin; als ich ihm antworte, sagt er, dass er etwas für unser Dorf hat; er gibt mir eine Zeitung und sagt laut, weil der

Motor so stark rasselt, dass Opa Pave in der Zeitung ist. Kaum ist er weg, schlage ich die Zeitung auf, suche Opa Pave. Ich finde ihn, sehr jung, mit dichtem, schwarzem Schnauzbart; ein Foto, ausgeschnitten aus einer größeren alten, vergilbten Fotografie: in der Hand hält er einen Schenkel, vermutlich einen Hühnerschenkel, und schickt sich gerade an hineinzubeißen. Auf dem Heimweg schlage ich sie wieder auf, sehe auf das Bild von Opa Pave und weine.

Vor dem Regen

Solange er jung war, hat mein Großvater mit so weitem Schwung, so schnell und so sauber gemäht, als würdest du dir mit einem scharfen Rasiermesser das Gesicht rasieren. Viele Mäher aus unserem Dorf stellten sich auf dem Feld in einer Linie auf und fingen an zu mähen: wer würde schneller und sauberer arbeiten; wenn er einen oder zwei Meter hinter den anderen Mähern zurückblieb, nahm sein Vater, also mein Urgroßvater, der hinter ihm ging, gleich den Stock und schlug ihn damit über den Rücken. Ich sitze unter dem einsamen Pflaumenbaum und stelle mir Großvater vor, wie er im Endspurt die anderen Mäher überholt; bald bedecken verdächtige Wolken einen Teil des tiefblauen Himmels. Vater fängt sofort an zu rufen: „Schnell, es kommt Regen!" Alle nehmen wir das Gerät aus dem Keller, wie wenn die Soldaten bei Alarm nach ihren Gewehren greifen. Wir sehen zum Himmel auf und zu unserem Teil des Felds; dort liegt das gestern gemähte und getrocknete Heu. Heute wollten wir es zusammenrechen und in den Stall bringen. Jetzt befürchten wir, dass es der Regen nass macht. Dann muss man es wieder wenden und tagelang an der Sonne trocknen; ich sehe wieder zum Himmel: alle sehen wir zum Himmel. Ich halte die Handflächen vor mich in der Erwartung, dass ein

Regentropfen darauf fällt, als mich Vater unversehens in den Hintern tritt und brüllt: „Rufst du etwa den Teufel her?!" Dann wirft er mir die Lederpeitsche zu und befiehlt, dass ich sofort die Ochsen im Stall losbinden und so schnell wie möglich mit dem Leiterwagen aufs Feld kommen soll. Schon gehe ich auf der sommerlich staubigen Straße vor den Ochsen her; sie ziehen den leeren Wagen. Die Eisenräder schneiden schmerzhaft in die Straße ein; sie hinterlassen tiefe Narben, aber nicht so tief, wie sie sein werden, wenn wir mit dem vollen Wagen zurückkehren. Vater und Mutter sitzen auf dem Wagen, Baka geht hinter dem Wagen, denn sie mag das Rütteln nicht, ich marschiere vor den Ochsen einher, und meine Schwester ist zu Hause geblieben, um das Haus zu hüten. Bald kehre ich den Ochsen den Rücken zu, bald das Gesicht. In der Hand halte ich die Peitsche bereit, aber die Ochsen folgen mir ohne ständiges Stehenbleiben, sodass ich die Peitsche überhaupt nicht brauche: schon sind wir auf dem Feld. Vater erklärt noch einmal, dass wir uns beeilen sollen. Er und Baka rechen, Mutter und ich gabeln das Heu auf und tragen es zum Wagen. Als er halb voll ist, fasst Vater an die Leiter des Wagens, schwingt sich hinauf, nimmt seine Heugabel und beginnt flink das Heu flachzutreten und es mit der Heugabel zu verteilen; die Ochsen sind sehr unruhig, weil von allen Seiten, vor dem Regen, Fliegen in allen möglichen Farben auf sie losgehen. Vater ruft mir zu, ich solle die Ochsen schützen, also gehe ich zu einem Busch, breche einen belaubten Zweig ab und schütze die Ochsen gegen die Trauben aggressiver Fliegen. Bald gibt es hinter dem Wagen kein Heu mehr. Baka hat es so gründlich zusammengerafft, als wäre sie mit einem dichten Kamm drübergegangen. Vater sticht die Heugabel fest ins Heu und stützt sich geschickt auf, was bedeutet, dass ich die Ochsen wieder ein Stück weiterbewegen soll; ich gebe ein leichtes Zeichen mit der Hand, die die Lederpeitsche bereithält, dass sie langsam hinter mir herkommen sollen; sie stehen da und wehren die Fliegen ab, und mir scheinen sie zu sagen: wir rühren uns nicht vom Fleck. Ich ziehe ihnen eins mit der Peitschenspitze über. Nachdem sie gemeinsam angezogen haben, bringe ich sie zum Stehen, indem ich mich entschlossen vor sie stelle und auf Vaters Anordnungen warte. Ständig sehe ich zum Himmel empor; er ist so schwarz geworden, dass sich ringsum schon alles verfinstert hat; Vater, Mutter und Baka arbeiten immer schneller, und Vater oben auf dem Wagen formt das Heu geschickt zu etwas, was an einen Würfel erinnert. Ich stehe vor den Ochsen, streiche ihnen leicht über die rosigen Mäuler, dann entdecke ich an Lozonjas Hals eine Fliege; mit dem breiten Kopf und den miteinander verbundenen grünen Augen sieht sie aus, als trüge sie eine Sonnenbrille. Ich ziele und zerquetsche sie mit dem dicken Ende des Zweigs; das Blut spritzt aus ihr heraus, und der Ochse macht einen Sprung, weil die Fliege im Todesröcheln stärker zugestochen hat, sodass ich ihn rasch beruhigen muss. Ich flüstere ihm ins Ohr: „Schhhh, schhhh." Damit die Zeit schneller vergeht, zähle ich sonst immer, wie viele Fliegen ich erschlagen habe, jetzt habe ich dafür keine Zeit; auf der Straße kommt ein gelber Traktor mit einer vollen Ladung Heu vorbei, und ich denke mir, wie schön es wäre, einen Traktor zu haben; ihn können die Fliegen nicht stechen. Aber Vater ist der Meinung, dass ein Traktor nichts für unsere Gegend ist, weil hier, wie er sagt, alles abschüssig ist. Da gibst du das Geld für einen Traktor aus, sagt er, und dann kippst du um und bist tot. Vater springt schnell vom Wagen, als hätte ihn jetzt eine Fliege gestochen; das Heu ist aufgeladen. Vater legt an der Seite, damit es unterwegs nicht auseinanderfällt, einen Strick herum und zieht fest zu: jetzt ähnelt es einem gut verschnürten Paket.

Wir fahren nach Hause; ich beschleunige den Schritt, die Ochsen beschleunigen den Schritt, ich fange an zu laufen, die Ochsen fangen an zu laufen, Vater ruft: „Nicht so schnell!" Sofort verlangsame ich, und nachdem ich die Ochsen und den Wagen Schritt für Schritt an den Heuboden herangefahren habe, sagt Vater, dass ich ihn etwas besser parken soll; ich knalle mit der Peitsche über die festen Tierhintern hin, ich rufe: *ća!*, was „nach rechts" heißt; die Ochsen kommen mir mit unterschiedlichen Schritten nach; ich bringe sie zum Stehen, ich rufe: *ost!* und drehe zusammen mit den Ochsen die Deichsel ganz nach links. Dann schlage ich beide mit dem Peitschengriff aufs Maul: *štu!*, sie gehen Schritt für Schritt zurück; sie stoßen im Gehen mit den Beinen zusammen.

Baka nimmt das schwarze Tuch vom Kopf, spuckt den Staub aus und sagt stolz, mit einer Stimme, die wegen des Staubs ganz kratzig klingt, dass es in unserem Dorf, ja in unserer ganzen Gegend, keinen Besseren als mich beim Rückwärtslenken der Ochsen gibt. „So muss es im Leben sein", sagt Vater und sieht zum Himmel auf; dies ist das erste Mal, dass er mich für etwas lobt.

Kühe wie Ballons

Der Förster, mit dem Jagdgewehr über der Schulter, durchkämmt das Gehölz und kommt auf uns zu; auf seinem mit Abzeichen verzierten Hut flattert ein Wachtelflügel. „Und? Kriegt ihr was vor die Flinte?", fragt er uns. Mali sagt: „Nein." Der Förster lacht und stapft weiter hinunter zum Dorf. Mali sagt: „Wann bringt er endlich den Bären zur Strecke?" Achselzuckend nehme ich mein Taschenmesser und schnitze weiter an meinem Stock; mein Blick landet auf meinem Knie und auf einer Fliege. Ich schlage zu und halte sie fest in der Faust. „Wie spät ist es?", fragt mich Mali. Ich sehe nach dem Stand der Sonne und sage: „Gegen halb zehn, zehn." Dann horche ich lange auf das Sirren der in der Hand gefangenen Fliege. „Noch ein bisschen, und dann ab nach Hause", sagt Mali, sieht zu seiner Kuh hinüber und legt sich bequemer auf die Seite; die Sonne scheint aus allen Löchern auf uns herunter. Ich presse die Faust, ertaste die Fliege mit den Fingerkuppen und zerquetsche sie in der Hand. Ich lege mich wie Mali auf die Seite, nur zur anderen Seite gedreht. Ich beobachte das Vieh, auf dem Feld grüne Wiesenstücke mit dichtem Klee; da dürfen die Kühe nicht hin, denn sie könnten sich überfressen und platzen. Das hier ist nicht wie Kühehüten im Wald: hier muss man die Augen ständig offen halten, und wir können nichts spielen. Ich schiele zu meinen Rindern, die um das Buschwerk herum nach Gras suchen; wegen des Bären bleiben wir mit ihnen ständig in der Nähe der Häuser, deshalb wird die Weide hier mit jedem Tag karger. Plötzlich bemerke ich, dass die Kuh von Mali nicht mehr in Sicht ist. Ich höre Geschrei aus dem Dorf: schnell rüttle ich Mali an der Schulter. „Wo ist meine Kuh?", ruft er atemlos, als wäre er im Traum gelaufen, sein Haar klebt vor Hitze am Scheitel. „Warum hast du nicht besser aufgepasst?!", rufe ich. Schon rennt er wie von Sinnen die gewellten braunen Ackerfurchen hinunter, zum Dorf. Wenig später treibe ich meine Kühe hinunter und halte an seinem Haus an. Mitten im Hof steht die aufgeblähte Kuh. Mali weint laut, seine Oma tröstet ihn, die Kuh kann sich mit zitternden Beinen kaum aufrecht halten. Einmal, als ich von meinem Vater Senge gekriegt habe, weil sich unsere Scheckige im Klee fast aufgebläht hätte, habe ich geträumt, dass sie so aufgebläht war, dass sie zu einem riesigen Ballon geworden war. Ich bin in den Flechtkorb des Ballons geklettert, habe die Ballastsäcke abgeworfen und bin aus dem Dorf geflogen, um nie wieder zurückzukommen. Mutter lief lange hinter dem kuhförmigen Ballon her und weinte, und Vater schrie: „Lebendig brauchst du nicht wiederzukommen!" Jetzt sehe ich zum ersten Mal einen wirklichen Kuhballon, der Opa von Mali ist total durcheinander; ich habe ihn noch nie so besorgt gesehen. Die Oma von Mali betet und bekreuzigt sich, Malis Großvater ruft: „Tomica, nicht weinen, es kommt alles in Ordnung!" „Ein Scheißdreck kommt in Ordnung", ruft Pejos Vater und bringt in einer Glasflasche gelöstes Soda Bikarbonat; mit der einen Hand sperrt er der Kuh das rotzige Maul auf, mit der anderen flößt er ihr aus der Flasche die schäumende Flüssigkeit ein; sein Hut sitzt ihm ganz schief auf dem Kopf. Auch Opa Mile, dem der Klee gehört, ist gekommen und sagt: „Macht nichts, wenn nur die arme Kuh gerettet wird und nicht krepiert wie meine." Ich treibe mein Vieh nach Hause, kette es an und komme sofort zurück. Auch Pejo und Nenad sind schon da, wir drei lehnen am Drahtzaun und sehen zu. „Los, Leute", ruft der Opa von Mali, „bis der Tierdoktor kommt!" Nenads Vater streicht der Kuh übers Maul, streicht ihr über die Augen, die Ohren, und aus ihren Nasenlöchern quillt der Dampf. Mein Vater presst ihr mit den Händen unaufhörlich den Bauch, Pejos Mutter hält den Schwanz, und der Opa von Mali hat den rechten Ärmel hochgekrempelt, er hat die rechte Hand in einen roten Gummihandschuh gesteckt und schiebt ihr die Hand tief in den Hintern: er holt den Kot heraus. Plötzlich knickt die Kuh auf einem Bein ein, mein Vater nimmt das Bein, hebt es an und versucht es wieder auf den Boden zu stellen. Der Opa von Mali holt noch immer den Kuhdreck aus ihr heraus, dunkelblau dampft er aus dem Handschuh. Die Oma von Mali faltet andauernd die Hände: ihre Augen sind jeden Augenblick anders. Mali kommt flennend aus dem Haus, sieht hin und flüchtet noch mehr weinend ins Haus zurück. Der Kuh fallen die Augen fast aus den Höhlen, und ihr Bauch bläht sich immer weiter auf; als würde ihr der Opa von Mali neuen Dreck in den Hintern stopfen. Sie ist auf die Vorderbeine gesunken, sie kniet, die Schulter von Nenads Vater ist ihre einzige Stütze, und die Oma von Mali jammert panisch auf. Auf diesen Jammerschrei hin beginnen die Hunde im Dorf einträchtig zu heulen, so als ginge das alles auch sie an, und mein Vater flucht laut. Dann taucht hinter der Kurve der lehmverschmierte Wartburg auf: ihm entsteigt Veterinär Zlatko. Die Oma von Mali ruft unter Tränen: „Beeilen Sie sich, lieber Doktor!" Mit Händen und Tasche trennt Veterinär Zlatko die Leute grob von der Kuh, sieht sie sich an und sagt: „Da muss sofort gestochen werden!" Er nimmt ein Hohlmesser aus der Tasche. Er holt aus. Er sticht es der Kuh in den Bauch; sie zuckt mit Verzögerung zusammen und lässt durch das hohle Messer ein pfeifendes Geräusch fahren, wird zusehends dünner und richtet sich auf allen vier Beinen auf. Noch eine Zeit lang steht sie regungslos im Hof, dann stolpert sie einen halben Schritt vor, bevor sie mit schlaffem Bauch im Hof herumzutorkeln beginnt. Veterinär Zlatko tritt zu ihr, schlägt ihr mit der flachen Hand auf den Hintern und sagt: „Sollst hundert Jahre leben!" Die Kuh, wie von diesen Worten zum Leben erweckt, rennt munter durch den Hof, kommt zurück und beginnt wie eine verstimmte Trompete zu röhren. Der Opa von Mali wischt sich mit der anderen Hand den Schweiß von der Stirn; er geht ins Haus und bringt auf einem Silbertablett eine Flasche Schnaps und Gläser mit länglichen Hälsen. Er verteilt die Gläser ringsum, füllt sie bis zum Rand: der Schnaps läuft über die Hände.

Der Fernseher

Ich komme in den lehmigen Hof und bemerke einen Pappkarton, auf dem mit großen schwarzen Druckbuchstaben AMBASADOR steht. Ich laufe ins Haus und rufe aus vollem Hals: „Wann ist der Fernseher gekommen?!" Aus der Küche sagt Mutter mit ruhiger Stimme: „Vor Kurzem." Ich setze mich auf den Stuhl, ich glotze wie behext in die Tiefe des schwarzen Bildschirms. Ich hebe die Hand und nähere einen Finger langsam dem würfelförmigen Knopf. Ich trete zurück vom Fernseher, ich balle die Hand zur Faust, denn ich habe Vaters Schritte gehört: sie kommen den schrägen Steinweg herunter. Ich sehe durchs Fenster: auf der Schulter trägt Vater einen weißen, behauenen und geschabten Pfahl, bleibt beim Pflaumenbaum stehen, kehrt dem Haus den Rücken zu, pinkelt in hohem Bogen und pfeift fröhlich. „Wo ist er?", ruft er. Ich renne schnell in den Hof, bereit, in alle möglichen Richtungen wegzurennen. „Ihr schaut jetzt, wann das Bild gut ist, ich werde oben die Antenne drehen", sagt Vater; er geht ins Zimmer und schaltet den Fernseher mit dem Daumen ein. Nach ewig langen Sekunden rauscht der Bildschirm mit schwarz-weißen zitternden Punkten. Vater sagt: „Ich gehe jetzt rauf, und ihr schaut gut!" Auch Mutter ist ins Zimmer gekommen; beide starren wir schweigend auf das verschneite Bild auf dem Schirm; wir atmen nicht, sondern horchen nur auf Vaters Schritte: wir hören, wie er die beste Position sucht. „Gut so?", ruft Vater nach einiger Zeit; vom Dachboden klingt seine Stimme ganz anders. Ich stampfe vor Ungeduld mit den Füßen und rufe: „Nein!" Nach ein paar Minuten ruft Vater: „Und jetzt?" Mutter ruft: „Das Bild war kurz da und ist schon wieder weg!" Dann ruft sie: „Warte, warte!" Auch ich rufe: „Warte, warte!" Auf dem Schirm ist endlich ein Bild: ein Mann sitzt in einem Rohrsessel. Er sagt zu einem anderen Mann etwas ins Mikrofon: sein Kopf ist geneigt, wohl vom schweren Haar. Der zweite mit dem runden Mikrofon, wenn der lacht, mit den Zähnen, mit dem Zahnfleisch und dieser Stimme, dann ist es, als würde von irgendwem in der Ferne das Pferd lachen. „Ist es noch immer gut?", ruft Vater. „Es ist gut, ja, es ist gut!", rufe ich voller Freude. Vater kommt durch die Öffnung in der Decke meines Zimmers heruntergestiegen, auf dem Dachboden hat er sich beide Hosenbeine hochgekrempelt: seine weißen Waden spannen sich auf den Leitersprossen. Mutter sagt: „Es ist wieder etwas schlechter." Vater sieht auf den Bildschirm und sagt: „Wenn es nur immer so bleibt." Er geht in zwei Schritten zum Fernseher, fasst an den Drehknopf für die Lautstärke, verstärkt und verringert den Ton, macht das Bild heller und dunkler, tritt noch einmal heran, macht es noch etwas heller, nickt mit dem Kopf und sagt: „Das ist jetzt wie ein kleiner Gott." Am Abend, etwas vor 19 Uhr 30, macht Vater feierlich den Fernseher wieder an: auf dem Bildschirm erscheint eine Uhr, voll gespannter Stille, dann ein mit einem Netz überzogener Globus, der sich, von der Musik bewegt, um sich selber dreht. Gleich danach der schwarzhaarige Ansager mit Brille, mit säuselnder Stimme begrüßt er die Zuseher. Vater und Mutter sitzen aufrecht auf den Stühlen, Baka sitzt auf der Ottomane, meine Schwester und ich auf der warmen Holzkiste neben dem Herd: im Zimmer sieht man nur, was vom Lichtschein des Fernsehers beleuchtet wird. Draußen hört man Hundegebell, jemand ruft mich hartnäckig aus der Dunkelheit. Ich schweige, sehe auf den Fernseher, aber die Stimme von draußen versucht mir wieder das Bild aus den Augen zu stehlen. Mutter sagt: „Melde dich, das ist Pejo." Ich winke mit der Hand ab und sage: „Ich sehe fern." Vater schimpft: „Geh raus und sag ihm das!" Ich bin sofort draußen und rufe: „Ich sehe TEVE!" Ich schaue, und jedes Mal, wenn vor den Nachrichten die Uhr auf dem Bildschirm erscheint, beruhige ich mich, unbemerkt stecke ich die Hand ins Hemd: in der Hand sammle ich die Herzschläge. Ich hätte gern, dass mein Herz so arbeitet – ticke, tacke, ticke, tacke – wie diese Uhr, aber es schlägt viel schneller, in der Minute schlägt es über achtzig Mal, und ich habe in der *Arena* gelesen, dass im Ruhezustand sechzig bis achtzig Mal normal ist. Also beschließe ich, das nicht mehr zu tun, so verderbe ich mir nur das Fernsehen: was immer ich tue, wenn ich esse, Fußball spiele, den ganzen Tag warte ich nur darauf, dass es dunkel wird und dass ich fernsehen kann. Vater erlaubt uns manchmal, dass wir außer den Nachrichten auch einen Film schauen, eine Sendung.

Eines Tages bringt er aus dem Städtchen eine kleine blaue Plastikfolie mit, klebt sie auf den Bildschirm und sagt stolz, vielleicht haben wir nicht den ersten Fernseher im Dorf, aber wir haben den ersten in Farbe. Wieder sitzen wir alle wie gebannt vor dem Fernseher. Auch mehrere nach Bildern in Farbe dürstende Nachbarn sind gekommen: auf dem Schirm läuft ein einheimischer Film. Ein Mann in blauem Regenmantel sagt zu einem anderen Mann in blauem Regenmantel: „So ein Mist." Blau auf dem Bildschirm sind die Schuhe, blau sind die Gewehre, blau sind die Augen, blau sind am Sonntagmorgen die Kartoffeln in der Landwirtschaftssendung.

Baba Vuna

Ich nehme den Pflaumensetzling mit beiden Händen und drücke ihn langsam in die dunkle Leere des Lochs: Vater schiebt mit der Sohle die Erde in das Loch zurück. Er bückt sich und trippelt mit Mäuseschritten um die Wurzeln des Setzlings herum. „Kannst gehen", sagt er zu mir und glättet mit dem Spaten die Erde um den gepflanzten Obstbaum, so geschickt, als wäre der Spaten sein verlängerter Arm. Ich wische meine Hände am feuchten Gras ab, und wo ich schon in der Hocke bin, ziehe ich mir mit den Händen die heruntergerutschten Strümpfe gerade. Ich schreite aus, starre in den bleichen Himmel: er hat sich über die Landschaft ergossen; aus dem Nebel ragen spitze Hügel auf wie göttliche Titten. „Maria!", ruft mein Vater und zerstreut mit den Füßen schwarze Maulwurfshügel. Mutter kommt zum gepflanzten Setzling, und Vater macht eine schmerzliche Grimasse und sagt: „Mir geht es heute irgendwie nicht gut." Er geht zu der hölzernen, mit Eisenplatten verstärkten Schiebetür, stellt den Spaten drinnen ab. „Was ist mit dir?", fragt ihn Mutter besorgt, als er aus dem Werkzeugschuppen kommt, er sagt: „Ich weiß nicht." Ich gehe ins Haus. Ich warte, dass es 19 Uhr 15 wird, damit ich fernsehen kann; Vater erlaubt noch immer niemandem, den Fernseher einzuschalten, aber wegen meiner Schwester schaltet er ihn vor den Nachrichten ein: dann gibt es einen Zeichentrickfilm. Der dauert etwa fünf Minuten, danach steht Werbung auf dem Programm. Die sehen wir auch, denn Vater sagt, dass es nicht gut ist, den Fernseher andauernd an- und auszuschalten. Ich sehe aus dem Fenster zu meinem Vater: er fasst sich an den Kopf, er schwankt. Ich komme aus dem Haus und höre, wie er zu Mutter sagt, dass er sich schnell hinlegen muss. Er arbeitet auch, wenn er hohes Fieber hat und wenn ihm der Zahn, der Fuß, der Kopf wehtut, aber jetzt muss er sich ins Bett legen. Er geht matt ins Zimmer, legt sich auf die Ottomane; Mutter legt ihm ein feuchtes Tuch auf die Stirn, obwohl er kein Fieber hat. „Was möchtest du essen?", fragt sie ihn. Er überlegt und sagt: „Mach mir etwas gebratenen Speck." Baka geht zu Vater hinein, ich strecke unhörbar hinter ihr den Kopf vor. Sie fragt ihn mit leiser Stimme: „Was fehlt dir?" Er sagt wütend: „Wenn ich das wüsste, wäre ich der Doktor." Er versucht aufzustehen, kann aber nur ohnmächtig seufzen und lässt sich auf die eingedrückte Ottomane zurücksinken. Baka sagt: „Das geht vorüber, was sollen dir die Doktoren, was wissen die." Vater flucht und schlägt mit der offenen Hand gegen die Wand; er wird noch den Fernseher zerschlagen, fürchte ich. Drei Tage kommt er nicht von der Ottomane hoch, am vierten Tag sagt er: „Ich bin voller blauer Flecken." Alle sehen wir ihn an, er krempelt die Ärmel hoch: überall blaue Flecken. Das Licht sammelt sich in seinem rechten blutunterlaufenen Auge, mit dem er hartnäckig neue Flecken am linken Arm, auf der linken Seite der Rippen sucht. „Hab ich welche am Kopf?", fragt er. Mutter besieht ihn aus der Nähe und sagt: „Ein paar." Er sagt: „Ich habe heute Nacht geträumt, dass da eine Frau oder ein Mann zu mir kommt und mich würgt, mich quetscht und schlägt, und ich kann mich überhaupt nicht wehren." Mutter sagt: „Wollen wir zum Doktor?" „Was kann mir da der Doktor machen?", sagt er, „der schickt mich noch in die Klapsmühle." Baka kommt ins Zimmer, sie sagt: „Man müsste Baba Vuna rufen." Mutter ruft: „Hier gehört ein Doktor her und keine Hexe." Vater unterbricht sie und sagt: „Ruf Baba Vuna!" Draußen hat es plötzlich abgekühlt; auf dem Herd in der Küche ist die Hühnersuppe laut am Köcheln, Mutter sagt: „Etwas Suppe?" Vater stöhnt: „Ich kann nicht." Ich bin auf den bereits im Schatten liegenden Hügel oberhalb des Hauses gestiegen; ich liege im Gras und schaue lange zum roten Himmel; es ist noch kälter geworden, und ich gehe ins Haus zurück. Am nächsten Tag kommt eine grauhaarige Frau im schwarzen Plaid und in Gummistiefeln in unser Haus: das ist Baba Vuna. Sie setzt sich zu Vater, betastet seine Stirn, den Hals, schaut tief in seine glasigen Augen. Vater stöhnt nur vor Schmerzen, er zittert, manchmal flucht er auf den lieben Gott. Baba Vuna sagt: „Nicht fluchen." Sie kratzt sich an den breiten Wangenknochen, zündet sich eine Zigarette an und fragt Mutter: „Das heißt, jede Nacht kommt diese Frau oder dieser Mann zu ihm?" Sie seufzt und sagt: „Nicht jede, aber jede zweite, dritte." „Ach was, fast jede", meldet sich Vater. Baba Vuna sagt: „Leg ein Messer unters Kissen." „Was für ein Messer?", starrt Vater sie entgeistert an.

„Das größte und schärfste, das du hast", sagt Baba Vuna ganz ruhig; meine Schwester springt auf, fängt an zu weinen, wohl wegen diesem Messer; wer weiß, was sie denkt. Sie weint noch stärker, sie furzt, und Baba Vuna lacht wegen diesem Furz. Sie fährt ihr mit der Hand übers Haar und sagt: „Furz du nur, mein Liebes, das kostet den Doktor sein Geld." Mutter bringt ein lebendes, ganz ruhiges Huhn, Baba Vuna nimmt es unter die Achsel und sagt: „Das Messer hilft ihm bestimmt." Tagelang hat Vater das Messer, mit dem er sonst die Schweine absticht, unterm Kissen, die Frau oder der Mann erscheinen ihm nicht mehr im Traum, aber noch immer kann er nicht aus dem Bett aufstehen: er will auch nichts mehr essen; jedes Hemd ist schweißgetränkt. Mutter wechselt ihm ständig die nassen Hemden. „Ich werde sterben", sagt Vater, „für mich gibt es keine Hilfe mehr." Die Haut an seinem Hals ist ganz gelb und faltig geworden, noch immer hat er kein Fieber, aber er hustet jetzt stärker; Baka geht zum Ofen, wirft ein Scheit hinein, und drinnen beginnen Schwärme roter Funken zu sprühen. „Was werft Ihr denn noch Holz in den Ofen? Ihr seht doch, dass ihm heiß ist!", ruft Mutter mit funkelnden Augen. Auch meine Schwester ist ans Bett gekommen; traurig blickt sie auf Vater und kaut an einem Kanten Brot. Mutter weint, Vater verlangt nach Wasser. Mutter bringt einen Krug Wasser, sie schenkt ihm aus dem zitternden Schnabel ein; ich stehe da und sehe schräg von der Seite, wie er das Wasser mit gurgelnden Schlucken kaum trinken kann; er tut mir leid. Er schließt die Augen, kreuzt selbst seine Arme über der Brust, wie man sie bei Toten kreuzt. Aber er hat das so böse getan, als wären das irgendwelche fremden Hände, die schuld sind an allem: er hat sich überhaupt nicht bewegt. Ich setze mich auf die Bank, und da die Schatten an den Wänden langsam dunkler werden, verschaue ich mich immer mehr in den einen einzigen Punkt: in den Knopf zum Einschalten des Fernsehers. Es ist vielleicht gleich sieben, und so stehe ich auf und tappe unhörbar an Vater vorbei, drehe den Ton ganz zurück und schalte vorsichtig mit dem Daumen den Fernseher ein. Er packt unversehens seinen schweren Holzpantoffel neben dem Bett, heult auf und trifft mich mit ihm genau im Rücken. Es tut nicht weh, ich bin mehr erschrocken über seinen plötzlichen Jammerschrei. „Mach das aus!", schreit er. Dann röhrt er aus den Tiefen der Kehle: „Wenn ich sterbe, wird das alles hier zugrunde gehen!" Mutter macht im selben Augenblick den Fernseher aus, ich gehe mit hängendem Kopf hinaus. Ich gehe in mein Zimmer, setze mich auf den Bettrand, wie an diesen Platz geschmiedet: ich stehe auf, gehe nach draußen und laufe durchs Dorf; zwischen den in trübes Abendlicht versunkenen Häusern hindurch.

Etwas später, unter dem Außenlicht eines Hauses an der Straße, bemerke ich ein einfaches rotes Gummiband, wie es sich die Frauen ins Haar tun; es ist durch ein Papieretikett gezogen, das einmal zu einer gekauften Wurst gehört hat. Ich nehme es, kehre nach Hause zurück und ziehe es über einen Zaunpfahl: jetzt im Halbdunkel, mit diesem Etikett, das aus der Nähe, auch unter den Sternen, die sich wie

brennende Vögel in den nächsten Kronen niedergelassen haben, mit unbekanntem Glanz leuchtet, ähnelt der Pfahl einer
großen dunklen Wurst.

Ich falle auf die Knie, küsse das Etikett inbrünstig und
sage unter Tränen: „Gott, lass ihn sterben."

In der großen Stadt

Für Mali hat sein Großvater ein Ei geflochten, in dem er Haselnüsse sammelt; wir sammeln unsere in den Hosentaschen; ringsum gibt es so viele Haselnüsse, dass wir uns mit ihnen bewerfen. „Wenn doch die Pflaumen so gut tragen würden", sagt mein Vater. Er ist wieder völlig gesund, er sagt: „Jetzt geht es mir besser als vorher." Dann geht er ins Haus und sagt, er habe gehört, dass sie in Zagreb Haselnüsse aufkaufen. Er sieht Mutter an und sagt zu mir, ich solle so viele Haselnüsse sammeln wie ich kann, und dann werden wir sie verkaufen. Das sagt er und sieht mich an: „Du brauchst neue Schuhe, eine neue Hose, aber ich habe kein Geld." In den folgenden Tagen sammle ich ununterbrochen Haselnüsse; ich träume sie. So sehr sind sie mir von diesem Sammeln verekelt, dass ich sie nicht einmal mehr essen kann. Ich reiße sie ab und werfe sie in die Plastiktüte; zu Hause schütte ich sie in einen großen Leinensack um, den wir zum Kartoffelklauben haben. Sobald der bis oben hin voll ist, schüttelt Baka ihn und bindet ihn mit einem alten Schuhband zu. Mutter geht zu Fuß ins Städtchen; sie muss von der Post aus die Tante anrufen, ihr sagen, dass ich komme. Am Montag ganz früh morgens fährt mich Vater mit dem vollen Sack Haselnüsse mit den Ochsen ins Städtchen; Mutter sitzt mit mir hinten auf dem Wagen. Ständig fragt sie mich, ob ich das allein kann. Vater dreht sich um und fährt sie an: „Hör auf, Frau, Leute in seinem Alter heiraten schon!" Ich packe den Sack, und meine Beine knicken von dem Gewicht ein. Ich schleppe ihn an die Straße; dort hält der Bus. Als er da ist, sagt der verschwitzte Schaffner zu mir, ich solle den Sack in den Gepäckraum vom Bus werfen; beide geben mir die Hand, und Vater sagt noch: „Pass auf, dass dir keiner das Geld klaut." Ich nicke, ich fahre auf dem hintersten Sitz. Ich genieße es, durch die Fensterscheibe auf die Straße zu sehen, auf die Autos; ich freue mich, dass ich in der großen Stadt bald in die Schaufenster schauen, im Kaufhaus mit der Rolltreppe fahren kann, und vielleicht kann ich die Tante überreden, mit mir in den Zoo zu gehen. Der Fahrer hat das Radio angemacht, und ich höre die Lieder. In einem singt jemand vom Abschied eines Jungen, der zu den Soldaten geht. *Zum Abschied tut er alle grüßen, die Berge rings den Schmerz versüßen,* hallt es aus dem Lautsprecher. Ich habe mein Gesicht an die Scheibe geschmiegt und stelle mir mein Einrücken in die JNA vor; mein Blick wandert über die Berge. Manchmal packt mich die Angst, was, wenn sie mich bei der Armee nicht nehmen? Wenn nicht, heißt das, dass ich nicht tauglich bin. Und mein Vater denkt, wie alle in unserem Dorf: wer nicht tauglich ist für die Armee, der ist auch nicht tauglich fürs Leben. Pejos Vater sagt, wer für die Armee nicht taugt, der taugt auch nicht zum Heiraten; die Musterung, das wird der wichtigste Tag in meinem Leben. Zum Glück ist noch viel Zeit bis dahin. Ein anderes Lied hat angefangen, ich setze mich aufrecht in meinen Sitz, damit ich nicht mehr an die Musterung denke, ich sehe einen grünen Fluss. Später erblicke ich aus der Ferne den Doppelturm der Kathedrale; als der Bus in den Busbahnhof einfährt, winkt mir die Tante von draußen fröhlich zu. Ich steige aus, wir geben einander die Hand, sie küsst mich plötzlich auf die Wange, ich bin verwirrt, denn so etwas bin ich nicht gewohnt. Vater und Mutter küssen mich nie; sie geben nur die Hand. Sie küssen mich auch nicht zum Geburtstag, weil ich ihn nie feiere. Bei mir im Dorf habe ich nie gesehen, dass irgendwer irgendwen küsst. Und Vater habe ich auch nie weinen sehen; ich kann mir das überhaupt nicht vorstellen. Dann hilft mir die Tante, aus dem stickigen Gepäckraum den Sack mit den Haselnüssen herauszuziehen. Sie nimmt ein Taxi, und der Taxifahrer bringt uns, nachdem er den Sack kaum in den Kofferraum bugsieren konnte, zu ihrer Wohnung. Unterwegs sprechen wir nichts, außer dass sie mich an einer Ampel fragt, ob ich weiß, wie viel ich für die Haselnüsse kriegen werde. „Weiß ich nicht", sage ich achselzuckend, und sie sagt: „Was du kriegst, kriegst du." Wir fahren, durch das Fenster des Taxis starre ich auf die Hochhäuser, alle möglichen Typen von rasenden und hupenden Autos, den Strom der Menschen: meine Augen sind wie verstopft von so viel Menschen. Vor einem grauen Gebäude packen wir jeder von seiner Seite den Sack und tragen ihn in die Wohnung. Zum Glück wohnt die Tante im zweiten Stock: die Wohnung hat sie von ihrem verstorbenen Mann geerbt. Sie hat keine Kinder, und eine Zeit lang war sie auch schwer krank. Ich habe gehört, wie Mutter von ihr einmal zu Vater sagte, dass die Ärzte ihr die Gebärmutter herausgeholt hätten. Vor der Tür hält sie mit einer Hand den Sack, mit der anderen sucht sie den Schlüssel in der Tasche. Ich nehme ihr den Sack aus der Hand und lade ihn mir auf den Rücken. Ich warte, dass sie endlich aufschließt. Ich gehe vor ihr hinein und stelle den Sack im Flur ab. Sie bückt sich, geht in der Hocke hinter mir her und sammelt unsichtbare Krümel auf; ihre Wohnung ist wie ein Museum. Keine einzige Sache darf man anfassen, das hat sie mir sofort gesagt. Ich setze mich in den erstbesten Sessel und rühre mich nicht vom Fleck. Ich fühle mich nicht wohl in dieser Wohnung. Mir scheint, ich darf nicht einmal richtig Luft holen. „Hast du Hunger?", fragt mich die Tante. „Ein bisschen", sage ich. Sie brät auf die Schnelle zwei Spiegeleier, bringt Brot, ein gezähntes Messer, eine Gabel, aus dem Kühlschrank holt sie eine Flasche Coca-Cola. „Da ist auch ein Glas, schenk dir ein", sagt sie. Zuerst trinke ich von der Coca-Cola, dann esse ich und passe auf, dass ich keine Krümel mache. Ich kaue, ich passe auf, dass ich den Mund nicht zu weit aufmache. Die Tante duscht im Badezimmer, föhnt sich das Haar, öffnet und schließt irgendwelche Schächtelchen. Sie kommt ganz anders heraus: in einem Mäntelchen und einem kastanienfarbenen Rock, mit einem gelben Fuchs um den Hals; geschminkt, parfümiert mit einem süßlichen Duft. Sie nimmt das Telefon, ruft ein Taxi und sagt in den schwarzen, glänzenden Hörer hinein: „Wir sind in fünf Minuten vor dem Haus." Sie streichelt den Fuchs, sieht auf ihre Armbanduhr und legt den Hörer langsam auf. Wir verlassen die Wohnung; während sie den Schlüssel ins Schloss steckt, abschließt, kontrolliert, ob abgeschlossen ist, warte ich schon mit dem Sack unten am Treppenende. Dann kommt der Taxifahrer, nimmt mir den Sack ab und trägt ihn zum Auto. Die Tante setzt sich neben ihn, ich nach hinten, er fragt: „Wohin?" Die Tante sagt: „Fabrik *Kraš*." Er sieht im Nicken auf Tantes große Brüste: langsam fährt er an, und die hohen gestutzten Bäume laufen in der Kolonne immer schneller an uns vorüber. Bald sind wir da, der Taxifahrer hilft uns, den Sack herauszuheben, die Tante gibt ihm einen Geldschein und sagt: „Auf Wiedersehen und vielen Dank." Dann geht die Tante zur Pförtnerloge der Fabrik, beugt sich über das Pult und sagt laut durch die runde Öffnung im Glas: „Guten Tag, bitte sehr, wir sind gekommen, um Haselnüsse zu verkaufen." Der dicke Mann sagt, wir sollen uns in Zimmer 14 melden. Ich werfe mir den Sack über den Rücken, gehe hinter der Tante her: vor der Tür von Zimmer 14 erwartet uns ein Mann in langem weißen Kittel. Sobald er die Tante und ihre großen Brüste sieht, wird er lebendig, springt hinzu und hilft entgegenkommend mit dem Sack. Er trägt den Sack Haselnüsse fest unter den Arm geklemmt die gefährlich steile Treppe hinunter, öffnet die Tür mit der Schulter und lässt uns an sich vorbei, und die Tante sagt laut: „Ein echter Kavalier." Er führt uns in einen weitläufigen würfelförmigen Raum voll Kellerfrische. In der Mitte steht ein großer Topf auf metallenen Füßen. Überall sind Löcher gebohrt, sodass er aussieht wie ein Riesensieb. Unter dem Topf befindet sich eine ebenso große Plastiktonne: in dieser Tonne hätten mehrere von meinen vollen Haselnusssäcken Platz. Der Mann sagt: „Hier schütten wir die Haselnüsse hinein. Was zurückbleibt, nehmen wir, was durchfällt, nicht." Wieder nimmt er den Sack, hebt ihn hoch, schüttet die Haselnüsse in den Topf, und alles aus dem Sack fällt langsam durch die Löcher: zurück bleibt nur eine einzige Haselnuss. Sie kreist: sie zögert. Dann findet auch sie ihr Loch: sie fällt hindurch. Der Mann zuckt die Achseln, als wollte er diese Bewegung vor sich selbst verbergen. Er sieht zuerst die Tante an, dann mich, und sagt: „Zu meinem großen Bedauern, sie sind zu klein, sie entsprechen uns einfach nicht." Die Tante und ich sehen noch immer ungläubig jener einen Haselnuss nach, und der Fuchs um Tantes Hals fletscht die Zähne vor dem Mann im weißen Kittel.

Das verstimmte Klavier

Der Autobus fährt langsam: eine kleine Kurve bedeutet eine kleine Wende, eine große Kurve eine große Wende. In der kleinen und großen Kurve dreht der Fahrer das schwarze, nackte Lenkrad vorsichtig; er bremst, weil neben der großen Kurve ein tiefer Abgrund gähnt. Auf der Straße zum Städtchen lehnt sich der Fahrer wieder in seinen Sitz zurück, der viel größer und bequemer ist als die übrigen Sitze im Bus. Er hält in noch ein paar zerstreuten Dörfern, und die Schüler, die jetzt einsteigen, stehen im Gang und sehen eifersüchtig auf uns herunter, die wir uns in die Sitze fläzen: der Bus rüttelt und zieht die Sonne hinter sich her. Dann kommt er auf den asphaltierten Teil der Straße; ich sehe aus dem Fenster und genieße die weiche Fahrt. In der Ferne, durch die Scheibe, sind kleine Hügel zu sehen: oben auf dem kahlen Rücken erheben sich die Mauern eines Schlosses, man sieht auch zwei graue Wohnblöcke, die einzigen im Städtchen. Der Blick aus dem Autobus ist für mich anders als der Blick, wenn man aus unserem Dorf zu Fuß ins Städtchen geht; obwohl ich auch zu Fuß nicht weiß, wo genau das Städtchen anfängt. Jedes Mal scheint mir, dass es bei der Ruine anfängt, wo früher das alte Krankenhaus war; von drinnen fliegen oft die Tauben auf. Je mehr sich der Bus dem Städtchen nähert, desto enger drängen sich die Häuser zum Zentrum hin zusammen; wir steigen aus und schieben uns an der Straße entlang zur Schule. Im Städtchen gibt es noch immer keine Ampeln und keine Zebrastreifen, deshalb passen wir gut auf, wenn wir die Straße überqueren. Die erste Stunde haben wir Musik; das ist für mich der leichteste Gegenstand in der Schule. Der leichteste ist er auch für Karlo; er sitzt mit mir in der Bank. Der Lehrer, der uns in Musik unterrichtet, heißt Genosse Miloš: er gibt mit dem Kopf das Zeichen, dass wir singen sollen, er spielt eine kleine dunkelrote Harmonika, er singt *Po šumama i gorama*, wir begleiten ihn und spannen die Halsmuskeln an. Jeder, der in der Klasse singt oder nur den Mund aufmacht, hat einen Fünfer in Musik, und so haben alle in der Klasse einen Fünfer in Musik. Die letzten Tage ist Genosse Miloš aus Krankheitsgründen nicht in die Schule gekommen, ihn hat die Biologielehrerin ersetzt. Sie erscheint nur die letzten zehn Minuten; setzt sich, gibt uns den Stoff für die nächste Stunde auf und notiert sich etwas in ihrem Schreibheft. Später, weil Genosse Miloš nicht wiedergekommen ist, kommt ein neuer Musiklehrer an unsere Schule: er heißt Genosse Weis, trägt einen Anzug, hat einen Bart, glänzend wie Maisseide, und seine hohe Stirn wird von hellem, lockigem Haar umrahmt. Seit er da ist, ist Musik eines der schwersten Fächer: es hagelt Einser, und Genosse Weis droht jedes Mal, dass diejenigen, die keinen Quintenzirkel zeichnen können, mit Sicherheit sitzen bleiben werden; er und seine Frau leben in der Wohnung im zweiten Stock eines heruntergekommenen Hauses, und das steht direkt neben Karlos Haus. Wenn ich von der Schule zur Bushalte-stelle gehe, sehe ich auf der Straße manchmal die schöne blonde Frau des Lehrers. Sie sitzt auf der Bank im Park, hat ein Buch aus der Tasche gezogen und ist ins Lesen vertieft, und mein Blick versucht heimlich zwischen ihre langen, schlanken Beine zu dringen. Und dann haben wir in unserer Schule plötzlich ein Klavier: schwarz, mit drei Beinen, als ich es zum ersten Mal sehe, erinnert es mich an ein großes Tier, dem eine Falle im Wald ein Bein abgezwickt hat; fünf Mann haben es in das Musikzimmer getragen. Genosse Weis ging zufrieden hinter dem Klavier her und rieb seine zarten Hän-de. Das Klavier engt den ohnehin kleinen Klassenraum ein, sodass Genosse Weis sofort angeordnet hat, dass alle Bänke zusammengeschoben werden. Jedes Mal im Musikunterricht spielt er Beethoven, Tschaikowski, Bach. Er spielt und springt jäh auf und verlangt, dass wir erraten, was er da gerade ge-spielt hat: mit den Augen sucht er im Klassenraum unsere Köpfe. Die große Uhr an seiner Hand tickt und schafft im Klassenraum eine noch größere Stille; mich ruft er zum Glück nicht auf, sodass ich keinen Einser bekomme. Wenn er den Unterricht beendet, bleibt Genosse Weis oft noch al-lein in der Schule und klopft stundenlang mit den Fingern auf dem Klavier herum. Er feuert die Töne ab, tiefe, dunkle und hohe. Die Schule liegt im Zentrum des Städtchens, und alles hallt von diesem Klavier wider: die Musik ist auf der Straße, in den Baumkronen, im Wind, der diese durchdrin-genden Klänge noch mehr verstärkt. Karlo wohnt im Städt-chen, er lacht und sagt, dass die Leute in der letzten Zeit auf der Straße gehen und die Finger in den Ohren halten; er sagt, dass Genosse Weis bis spät in die Nacht spielt, und dass ihn deshalb auch die Polizei ermahnt hat. Eines Morgens, ich bin noch gar nicht richtig wach, haste ich zur Schule: dort sehe ich den Polizisten Predrag; er steht vor der Schultür und hält seine Hände auf dem Rücken verschränkt. Als wir langsam näher kommen, deutet er uns mit den Augen wegzugehen. Dann kommt die Schuldienerin Anka heraus, und etwas weiter weg flüstern wir ihr zu: „Warum können wir nicht hinein?" „Ach, Kinder", sagt sie und schüttelt ungläubig den Kopf, „irgendein Teufel ist heute Nacht durchs Fenster eingestiegen und hat uns direkt ins Klavier geschissen." Vor der Schule findet sich auch bald Karlo ein; von mir erfährt er das mit dem Klavier, und er erklärt uns auf dem Schulhof mit den Händen fuchtelnd, dass dieses Klavier schwer zu reparieren sein wird. Er sagt: „Drinnen ist alles voller Drähte, und wenn die Scheiße zwischen diese Drähte kommt, ist es unmöglich, sie wegzuwaschen." Später kommen auch die fünf Mann mit dem kleinen blauen Lkw vor die Schule. Sie kommen mit dem Klavier heraus, sie tragen es und drehen angeekelt die Köpfe weg, und hinter ihnen schreitet wie in einem Begräbniszug langsam Genosse Weis. Wenige Tage später reist er mit seiner schönen Frau und den Koffern irgendwohin ab; er kehrt nie zurück.

Schildkröte und Mladen kommen auf dem Motorrad auf unser Dorf zugebraust; aus dem Auspuff donnern ganze Ketten knatternder Schüsse: Schildkröte fährt, und Mladen sitzt hinter ihm. Er hat zwei blaugrüne Tätowierungen; auf der rechten Schulter einen Skorpion, auf der linken einen Wolf; die hat er nicht vom Militär; beide wurden ihm mit Nähnadel und Tinte im Gefängnis eingestanzt. Schildkröte hat nur eine, ähnlich der meines Vaters; auf dem Unterarm ein von einem Pfeil durchbohrtes Herz; darin, verstärkt, die Buchstaben JNA. Ich hätte eines Tages gern ein wildes Tier eintätowiert. Vielleicht einen Tiger, einen Löwen, einen Puma, aber auf jeden Fall auch JNA: damit man sieht, dass ich in der Armee war, wie man das von hier aus der Baumkrone auch auf Schildkrötes linkem Unterarm deutlich sieht. Im nächsten Augenblick bin ich vom Pflaumenbaum herunter, werfe meine Sachen weg und renne los: ich komme an und strecke Mladen langsam die Hand hin. Er taucht plötzlich ab, dreht sich wie im Tanz, und mein ausgestreckter Arm findet sich schmerzhaft auf meinen gekrümmten Rücken gedrückt. Schildkröte kreist um das Motorrad, er lacht, und Mladen lässt langsam meinen Arm los und sagt: „Okay! All right!" Dann lacht auch er und kratzt sich mit dem Daumen die breite, plattgedrückte Nase, die ihm einen etwas zerknitterten Gesichtsausdruck verleiht. Schildkröte verhält, starrt auf das Motorrad: er geht zur Garage. Auf der Schulter bringt er eine Holzkiste voller schepperndem Werkzeug und eine ebensolche Kiste unterm Arm: sie ist voller Muttern und Schrauben. Er und Mladen hocken sich nebeneinander und fangen an, am Motorrad herumzufummeln: sie stecken die öligen Finger in die Hohlräume des Motors. Mladen steht auf, startet den Motor, dreht das Gas rauf und runter und hockt sich wieder nachdenklich neben Schildkröte. Dann kommt Schildkrötes Mutter aus dem Haus angestapft; ihre Tigerkatze umschmeichelt ihr Bein; er streichelt die Katze in hockender Stellung und mit durchdringendem Blick am Rücken und fragt seine Mutter: „Gibt's vielleicht Kraut und Fleisch?" Sie sagt: „Wie sollte es keines geben." Schildkröte will etwas Wasser zum Trinken, ich springe über die Katze und bringe ihm im roten Töpfchen schnell Wasser aus dem Haus; ich strecke mich und streiche mit der Handfläche über das würfelförmige Licht, wegen dem viele Leute Schildkrötes Motorrad einen Fernseher nennen. Ein paar Minuten später gehe ich in unser Haus, um meiner Mutter den Beutel mit den Pflaumen für die Knödel zu bringen, denn den habe ich unterm Pflaumenbaum vergessen; ich horche, ob Vater zurückkommt. Er ist auf Pirsch auf den Bären gegangen, der wieder aufgetaucht ist und einem Hirten aus Letinac eine Kuh gerissen hat: fast hatten wir ihn schon alle vergessen. Mein Vater hat mir gegenüber neulich sogar erwähnt, dass ich wieder in den Wald gehen werde, weil das Gras ums

Dorf herum, wie er sagte, ganz abgeleckt ist und das Heu für den Winter gespart werden muss. Als er heute Morgen im Hof das Gewehr lud, kam Baka langsam näher und sagte: „Da muss man die Jäger zusammenrufen, eine Hetzjagd machen, aber nicht, dass du hingehst, um das zu erledigen!“ Vater trat aus dem Hof hinaus, dann rief er zum Wald gekehrt: „Ich habe es dem Förster gesagt, allen, aber denen gehen wir am Arsch vorbei!“ Seit er weg ist, horche ich, ob ich es im Wald knallen höre, aber das einzige Knallen, das ich heute höre, ist das aus Schildkrötes Motor. Ich gehe wieder zu ihm und Mladen, bei ihnen steht inzwischen auch Nenad: wir geben uns die Hand, denn wir haben uns lange nicht gesehen; er hat die Schule abgebrochen und wohnt jetzt in einem Zigeunerdorf bei Karlovac. Schildkröte fragt ihn: „Ich habe gehört, du hast geheiratet?“ Nenad steckt die Hände in die Taschen, schiebt die Zigarette im Mund hin und her und sagt geheimnisvoll: „Schon möglich.“ Schildkröte kommt hoch, streckt die Beine, wischt die Hände an der Hose ab und sagt zu Mladen, er solle das Motorrad mal ausprobieren. Mladen wäscht sich die Hände in einem Kübel voll Regenwasser, riecht an ihnen und wischt sie an den abgewetzten Jeans ab, wie ich sie gern einmal hätte. Er zieht das enge T-Shirt glatt, das wie angegossen an seinem muskulösen Oberkörper sitzt, steigt auf und lässt den Motor an. Er braust los, verschwindet hinter dem Haus, und wir gehen hinter Schildkröte her langsam zum nahe gelegenen Pflaumengarten: wir sehen dem Hund zu, der bei einer Hündin aufgeritten ist. Er nagelt sie von hinten, aber sein Kopf ist von der Hündin abgekehrt, als würde ihn das Ficken überhaupt nichts angehen. Schildkröte lacht und fragt Nenad anzüglich: „Und, fickst du?" „Jeden Tag", sagt Nenad lachend. Schildkröte bückt sich, nimmt einen Stein vom Boden auf und wiegt ihn in der Hand. „Fick du nur", sagt er und schupft den Stein geschickt aus einer Hand in die andere. Dann hält er den Körper kurz schräg und schleudert den Stein nach den Hunden, die sich jetzt anknurren und beißen, als würden sie sich um diesen runden Stein streiten. Mladen kommt zurück, steigt ab, nickt und sagt zu Schildkröte, dass der Motor jetzt sehr gut zieht. Schildkröte sagt: „Das ist ein richtiger Drache." Dann gehen die beiden langsam zu Schildkröte ins Haus. Nenad und ich bleiben im Hof allein, und Schildkröte ruft uns noch mit der Katze im Arm über die Schulter zu: „Burschen, passt mir auf das Motorrad auf." Nenad knipst sein Benzinfeuerzeug an und führt die Flamme langsam zur Zigarette, den ersten Zug bläst er über den Kopf, die anderen Züge nach unten. „Hast du wirklich geheiratet?", frage ich. Nenad lacht, blinzelt in die Sonne und nickt: „Klar doch, aber wo ist dein Pejo?" „Wahrscheinlich zu Hause", sage ich. Er macht einen neuen Zug und sieht auf die Glut der Zigarette: „Ich geh mal ein bisschen zu ihm." Ich sage, dass ich später vielleicht auch vorbeischaue; in der letzten Zeit bin ich selten mit Pejo zusammen. Außerdem ist er sitzen geblieben und in der Schule in Letinac geblieben, wo man bis zur vierten Klasse geht, während ich in die Grundschule im Städtchen gewechselt bin; jetzt ist Karlo mein bester Freund. Noch eine Zeit lang streichle ich die

Chromgriffe der Maschine, die mich an Hörner erinnern, dann höre ich meinen Vater rufen; ich gehe schnell nach Haus. Er sitzt mit dreckigen Schuhen am Tisch, sein Blick wandert über die Wand. „Setz dich", er deutet mit dem Kinn auf den leeren Stuhl. Ich trete langsam näher und setze mich auf Großvaters Platz, wo ich beim Mittagessen immer sitze. Ich sehe mich vor, dass er mir nicht wie einer Fliege über den Tisch eine scheuert. „Woher kennst du diesen Mladen?", streift er mich mit dem Blick. „Aus dem Städtchen", sage ich. Er brüllt: „Das ist ein Krimineller!" Dann schneidet er mit dem Jagdmesser eine dicke Scheibe von der Tirolerwurst herunter, bricht ein Stück Brot ab, fängt damit an, dass Schildkröte ein Faulpelz, ein Arbeitsscheuer, ein Nichtsnutz ist, dass er eine anständige Arbeit hatte, die aber aufgegeben hat; Vater kaut, die Brotkrümel fallen ihm aus den Mund. „Wenn du auch so wirst, werde ich dir mit dem Beil den Kopf auf dem Hackblock ...", er sieht mich an, und seine Hand ist ein gedachtes Beil.

Malaika, nakupenda, Malaika

Mladen wählt in der Jukebox einen Song aus, tanzt, windet sich, obwohl die Musik noch gar nicht angefangen hat. Er setzt sich wieder hin, fasst die Tasse am Henkel und wartet, dass es endlich losgeht. Wir hören: *Malaika, nakupenda, Malaika.* Mladen hat sich auf dem weichen Sitz zurückgelehnt, die Hände im Nacken, und singt zur Jukebox: er kennt den ganzen Text des Schlagers; Schildkröte nickt im Rhythmus mit dem Kopf und singt nur den Refrain. Wenn der Refrain vorbei ist, leckt er mit der Zunge an der Gabel und wartet, dass der Refrain wiederkommt. Er isst eine Baklava, Mladen schlürft einen Kaffee, ich lecke an meinem Eis, und Karlo hat sich über eine Schaumschnitte hergemacht. Wir zwei sind heute nicht zur ersten Stunde gegangen; das ist bei mir schon das fünfte Mal in diesem Monat, dass ich den Unterricht schwänze: das erste Mal bin ich weggelaufen, als ich erfuhr, dass wir in der dritten Stunde statt Hauswirtschaft Vorsorgeuntersuchung haben; ich hatte Angst, dass jemand von meiner Krankheit erfährt; außer meinen Leuten zu Hause weiß niemand davon. Natürlich hat mich Opa Mile ein wenig verunsichert: als vor einem Jahr Pejo der Hund verreckt ist, hat Opa Mile gesagt, das komme vom Herzen, und dann laut gelacht. Pejo hat mich plötzlich angesehen: damals hat mir geschienen, dass Opa Mile und Pejo es wissen, und wenn Pejo es weiß, dann weiß es auch Nenad. Zum Glück gehen Pejo und Nenad nicht mehr mit mir in die Schule, und wenn sie es wissen, werden sie in der Schule nichts herumposaunen.

Über meine Krankheit, über die auch ich nichts weiß, hat niemand mit mir gesprochen: so als würde sie nicht existieren. Wenn bei einer Gelegenheit zufällig das Wort Herz erwähnt wird, wirft meine Mutter rasch ein neues Thema auf, dann wird darüber gesprochen: und dann redet sie wie aufgezogen. Ich möchte nicht, dass irgendwer außerhalb meines Hauses von meiner Krankheit erfährt, obwohl ich mich manchmal tröste: vielleicht bin ich inzwischen gesund geworden. Ich lecke an meinem Eis und überlege: ich bin schneller als die meisten in der Klasse, ich bin stärker als die meisten in der Klasse, ich kann länger laufen als die meisten in der Klasse; vielleicht bin ich ja gesund geworden. Ich sehe auf die Plastikuhr an der Wand, ich schiebe die Hand unters T-Shirt, ich hefte den Blick auf den schnellsten Zeiger und zähle in der Minute: dreiundsiebzig; unzählige Male habe ich gezählt, aber noch nie bin ich unter achtzig gekommen. Ich juble bei mir: „Yeah!" Triumphierend balle ich die Fäuste unterm Tisch, aber mein Gesicht ist immer noch wie Stein. Ich achte darauf, dass die drei es nicht bemerken und sie mich nicht fragen, weshalb ich mich plötzlich so freue.

Nach fünf Minuten sehe ich zu Karlo und wieder auf die Uhr und sage leise: „Schule." Er steht langsam auf und sagt lauter: „Wir müssen zur Schule." Mladen hebt den Arm und sagt: „Okay! All right! Wir sehen uns morgen." Wir nicken, grüßen sie zum Abschied, gehen hinaus und gehen auf der Sonnenseite; auf der Straße kommen wir an zwei Soldaten vorüber. Ich bleibe stehen und drehe mich nach ihnen um. Ich sehe mich in Uniform; wenn wir uns noch einmal begegnen, würde ich gern einen von ihnen fragen, ob er mir mal kurz seine Kappe leiht, damit ich sehe, wie sie mir eines Tages auf dem Kopf sitzen wird. Im Gehen hab ich den Gürtel an meiner Hose enger gezogen, ich sehe zur Schule; bald wird es zur großen Pause läuten. Dann sagt Karlo auf der Kreuzung, dass wir rasch noch zu ihm gehen; das Haus hat drei Stockwerke, schnell sind wir oben. Dies ist das erste Mal, dass ich bei Karlo in der Wohnung bin; an den Wänden hängen Bilder von Hafenstädten und ein Schwarzweißfoto. Ein stattlicher Mann mit etwas verrutschter Partisanenkappe steht da und hält ein Maschinengewehr vor der Brust, genau so eines, wie es Mirko in *Mirko und Slavko* hat. „Wer ist das mit dem Maschinengewehr?", frage ich und trete näher an die Waffe heran. „Großvater", sagt Karlo, setzt sich auf die Klomuschel und zählt dort Münzen, „er ist gestorben." Neben dem Fernseher, an eine Vase mit künstlichen Blumen gelehnt, bemerke ich ein kleines ovales Farbfoto; Karlos Eltern steigen gerade aus dem Meer, sie lachen, und er hat Flossen an den Füßen. Es gibt in unserem Haus, in einer verschlossenen Blechschachtel für Papiere, ein kleines gezahntes Foto, wo mich mein Vater genauso auf den Schultern trägt. Jedes Mal wenn ich mich an dieses Foto erinnere, kommt mir das Weinen. Dann sehe ich auf die riesige hölzerne Uhr an der Wand; aus ihr hängen glänzende eiserne Tannenzapfen. Darunter ein Stapel Illustrierte: ganz viele Militärzeitschriften.

Die ...

Als Erster hat mein Vater sie in der Ferne gesehen: er war gerade mitten im Hof dabei, für Medo das Mittagessen zu machen; er hob den Kopf und sagte mit gepresster Stimme: „Die gehen garantiert Schildkröte abholen." Die Hunde bellen. Medo bellt nicht. Er weiß, dass er zum Mittagessen das kriegt, was er nicht mag, und so hat er keine Lust zum Bellen; er sieht nur mit lustloser Schnauze in die zerkratzte Schüssel: er ist nicht hungrig, am liebsten würde er sie im selben Moment umwerfen. Vater bemerkt es und ruft: „Willst du jeden Tag Fleisch?!" Der Polizei-Fićo ist genau in der Dorfmitte stehen geblieben, ausgeschaltet steht er gespenstisch da; niemand steigt aus. Vater zerquetscht mit den Fingern die gekochten Kartoffeln in der mit Wasser gefüllten Schlüssel, streift die Finger ab und sagt zu Mutter, die über den Hof geht: „Ja, mein Schildkröte, dein Vater wird sich im Grabe umdrehen." Dann schüttet er einen Topf Kleie in die Schüssel und rührt sie mit dem Zeigefinger ein, hebt aber ständig neugierig den Blick, er späht hinter der Hauswand zum Polizeiauto hinüber. Die Polizisten sind ausgestiegen, sie stehen neben dem Auto und bereden etwas miteinander: das sind Mirko und Predrag in ihren dicken Winteruniformen, über ihren Schultern hängen wieder die automatischen

Gewehre; sie kommen langsam den Weg neben unserem Haus herunter, und Polizist Mirko, der mit dem gestutzten braunen Schnauzer, fragt meinen Vater im Vorbeigehen: „Wie geht's, Meister?" Mein Vater antwortet kurz: „Es geht." Sie stapfen schon über die Wiese, die steilere Anhöhe hinauf kommen sie viel schneller voran. „Wer weiß, wegen was sie jetzt gekommen sind?", sagt Baka und schabt mit dem Messer eine Karotte. Vater sagt: „Wegen was schon, wegen dem Bären." „Und dass sie vielleicht doch ...?", sagt meine Baka leise. Vater sieht sie an und sagt: „Hör bloß mit der Politik auf!"

Opa Pave hat mir einmal erzählt, dass vor vielen Jahren im Wald oberhalb unseres Dorfs eine Gruppe von neun Leuten eingeschleust worden war, die vorhatte, Gleise und Brücken zu zerstören und Polizisten umzubringen; unter ihnen waren auch zwei aus unserem Dorf; davor hatten sie in Australien gelebt, alle wurden verhaftet und zu langen Zuchthausstrafen verurteilt.

Das Krankenhaus

Vater und ich gehen durch den langen, lauten Korridor des Krankenhauses; der Medikamentengeruch dringt mir in die Nasenlöcher. Ich mag dieses Gebäude nicht mal von draußen sehen; ich kann es kaum erwarten, hier wieder herauszukommen. Vater hält plötzlich inne, reckt den Hals und linst auf die Zahl an einer Tür. Dann marschiert er weiter, und ich folge ihm hinter seinem Rücken. Die Sohlen meiner Schuhe schmatzen auf dem gebohnerten Boden, deshalb gehe ich auf den Fersen. Vater kümmert das nicht, er geht die ganze Zeit mit seinem festen Schritt; wir suchen Zimmer Nummer 11. Dort liegt schon seit sechs Tagen meine Baka. Vater geht und sieht unaufhörlich auf die Nummern an den Zimmertüren. Manche Zimmer haben überhaupt keine Nummer, auf andere ist die Nummer mit Filzstift geschrieben. Ich gehe hinter Vater und trage auf dem Rücken meine volle Schultasche. In der Hand habe ich einen Plastikbeutel mit einer warmen Schüssel Hühnerpaprikasch. Ich passe auf, dass sie nicht umkippt und ausläuft: das hat Mutter für Baka gekocht. Ich flüstere: „Sollen wir jemanden fragen?" „Das machen wir selbst", sagt Vater. Die Tür eines Zimmers steht weit offen. Ich schaue hinein: es ist leer. „Hier ist sie nicht", sage ich. Vater sagt: „Scheiß auf ihre Nummern." Wir sind am

Ende des Korridors angelangt; jetzt verzweigt sich der Gang nach links und rechts, sodass wir zwei an der Spitze eines beleuchteten Buchstabens T stehen. Ich zeige nach rechts, ich sage: „Dort sind keine Türen." Dann drehe ich mich nach links, hier ist es wieder halbdunkel, aber unter den Türen kommen dünne Strähnen Licht heraus. Vater sieht genauer auf die Nummer eines von drei Zimmern und sagt: „Da steht elf." Wir treten ein; Baka liegt auf einem weißen, ein wenig hochgestellten Eisenbett. Sie lebt auf, als sie uns bemerkt; neben ihr sind zwei leere Betten, auf dem dritten liegt ein Mann im Pyjama und schläft; sein Mund ist grün wie bei einer Kuh, die Klee gefressen hat. Wortlos stelle ich das Paprikasch auf das Schränkchen neben dem Bett; Vater fragt Baka: „Wie geht es dir?" Baka sagt, es gehe ihr viel besser, aber die dünne Stimme löst sich nur schwer von ihrem erdgrauen Gesicht; ihre anfängliche Lebhaftigkeit ist rasch verflogen. Im Zimmer steht die säuerliche Luft, Vater sagt, man müsse ein wenig das Fenster öffnen. Er öffnet das Fenster, aber der Wind trägt von draußen Brandgeruch herein. Rasch schließt Vater, den Mund voll unausgesprochener Flüche, das Fenster wieder. Der Mann murmelt etwas im Schlaf und ruft: „Das sind wir! Das sind wir!" Dann schläft er friedlich weiter. Baka deutet mit den Augen zu ihm. „Sein Bruder ist tödlich verunglückt, und da hat er sich aus Trauer um seinen Bruder mit Schnaps betrunken und wäre fast gestorben", sagt sie. „Und wie geht es dir, Herzchen?" Baka sieht mich an. „Gut", sage ich, „wir haben heute Elternsprechtag." „Ich komme in ein paar Tagen und werde dem Doktor etwas bringen", sagt Vater und schenkt Baka aus dem Krug Wasser ein. „Wir müssen jetzt", sagt er. Wir verabschieden uns von Baka, die uns mit Tränen in den Augen ansieht. „Was weinst du denn?", sagt Vater ungehalten. „Du bist doch in zwei Tagen zu Hause." Noch einmal winke ich ihr zu, ohne hinzusehen, ob sie mir gewunken hat, denn so ist es für mich viel leichter, und ich trete schnell hinter Vater hinaus auf den Gang. Er sagt: „Und jetzt zu deiner Schule." Es ist mir lieb, dass zum ersten Mal, seit ich zur Schule gehe, Vater zu einem Elternsprechtag geht. Ich habe keinen einzigen Einser, alle meine Noten sind ausgezeichnet oder sehr gut, und mein Aufsatz *Der Herbst* hat unlängst beim Gemeindewettbewerb gewonnen. Ich beschleunige meinen Schritt hinter Vater her, der ein wenig voraus ist; wir überqueren die Straße gemeinsam und betreten die Schule: das Klassenzimmer ist voller Eltern und Schüler. Klassenlehrer Mišo liest aus dem grünen Klassenbuch laut die Vor- und Nachnamen der Schüler vor, dann über die Brille hinweg unsere Noten. Ich sehe verstohlen zu Vater, während der Klassenlehrer meine Noten verliest: er sitzt aufrecht, sein Gesicht ist starr, an ihm lässt sich nichts ablesen. Ich bedaure, dass der Klassenlehrer meinen Aufsatz nicht erwähnt, aber er hatte vermutlich keine Zeit. Nach der Sprechstunde kommt Klassenlehrer Mišo mit seinem fassförmigen Körper auf mich zu. Er nimmt seine Brille ab und sagt zu meinem Vater, er solle fünf Minuten warten: wahrscheinlich wird er ihm jetzt das mit dem Aufsatz sagen. Er setzt die Brille auf und fragt Karlo, der gerade an uns vorbeigeht: „Und wo sind deine Eltern?" Karlo sagt: „Sie arbeiten, sie konnten nicht." „Dann sollen sie unbedingt morgen kommen!", ruft ihm Klassenlehrer Mišo mit kratziger Stimme nach. „Also, ich wollte das nicht vor allen", sagt er zu meinem Vater, als endlich alle das Klassenzimmer verlassen haben, er schließt die Tür und kehrt zu uns zurück.

„Sehen Sie, er hat sehr gute Noten", er deutet mit dem Kopf auf mich, „er ist ein ausgezeichneter Schüler, auch Karlo ist ein guter Schüler, aber die beiden haben neulich einer Schülerin einen Kugelschreiber aus der Tasche gestohlen."

„Das ist nicht wahr", sage ich und weiche etwas zurück. „Es ist wahr", sagt Klassenlehrer Mišo, geht zum Fenster und öffnet es. Dann sagt er: „Lass mich nicht auf der Stelle die Polizei rufen." Ich sehe aus dem geschlossenen Fenster, nur um nicht Vater ansehen zu müssen. „Warte mal", sagt Vater zu mir mit sanfter Stimme, und ich weiß, dass er dann am gefährlichsten ist, „du hast doch einen Kugelschreiber?" „Den hat er", sagt Klassenlehrer Mišo, holt aus der Tasche ein Bund Schlüssel und legt es von einer Hand in die andere, „aber dieser kann in fünf Farben schreiben." „Wir haben nicht gestohlen", sage ich. „Habt ihr doch", Klassenlehrer Mišo verstaut die Schlüssel wieder in der Tasche, „ein Schüler hat euch im Park gesehen, wie ihr damit geklickt habt, deshalb sag hier vor deinem Vater, wo ist dieser Kugelschreiber?" „Fragen Sie Karlo", sage ich. Vater kommt langsam auf mich zu und sagt: „Das bedeutet, ich zahle das Geld, damit du in der Schule auf Krimineller lernst?" Ich schweige, ich sehe aus dem Fenster, und die Sonne vor meinen Augen wird immer kleiner. Ich sage lauter: „Ich habe nicht gestohlen."

„Und ich sehe an deinem Gesicht, dass du lügst!", schreit Vater; ich fühle den Schlag voraus, ich versuche zu flüchten, aber seine Hand schlägt mich sofort zu Boden. Vater packt mich an den Haaren, zieht mich vom Boden hoch, eine Ohrfeige pfeift, und noch eine von der anderen Seite, worauf ich laut zu weinen anfange, den Kopf zu schützen suche, obwohl jetzt überhaupt keine Schläge mehr kommen. „Wo ist der Kugelschreiber?", schreit er. „Ich bringe ihn morgen zurück!", rufe ich und versuche auf allen vieren zu flüchten. Vater packt mich am Ohr, zieht mich am Ohr durch den Klassenraum. Wieder ohrfeigt er mich, und als ich die Hände über den Kopf halte, fängt er mich noch heftiger zu schlagen an; er schreit, flucht, Klassenlehrer Mišo packt ihn von hinten mit den Armen und ruft: „Nicht, Sie bringen ihn ja um!" Vater richtet sich auf, atmet schwer und richtet seine Kleidung, er sagt, und seine Stimme ist völlig tonlos: „Genosse Lehrer, ich arbeite, ich habe keine Zeit, schlagen Sie ihn, als wäre er Ihr Sohn, ich habe keine Zeit, dass aus ihm ein Mensch wird." Dann packt er das große hölzerne Lineal für die Schultafel, beginnt mich mit ihm zwischen den Bänken zu jagen, aber ich flüchte aus dem Klassenzimmer und laufe nach Hause.

Ein Blick aus dem Panzer

Ich sitze neben dem Herd und blättere mit neugierigen Fingern in der neuen Nummer der Zeitschrift *Front*; draußen ist die Dunkelheit heute rascher eingefallen. Vater verlangt, dass Strom gespart wird, und so herrscht auch drinnen ein Dunkel, das sich hin und wieder an den schmalen Ritzen des auflodernden Herds verliert; ich sehe mir die Bilder an, denn im Flackern des Herds kann ich die kleinen Buchstaben nur schwer entziffern. Draußen fällt der Regen seit Stunden, er kommt aus tiefen Klüften und ergießt sich über die schrägen Dächer der Häuser; Baka hat auf dem Bett langsam die Augen geöffnet. „Baka, brauchst du etwas?", frage ich sie. Sie sagt, ohne sich im Geringsten zu bewegen: „Gib mir noch eine Decke, mir ist etwas kalt an den Beinen." Ich stehe auf, rufe Mutter, sage ihr, dass sie eine Decke aus dem Zimmer bringen soll. Sie bringt einen zerknautschten Berg von einer Decke an die Tür und murmelt in den eigenen Bart: „Wann holt Gott sie endlich zu sich?" Ich tue so, als hätte ich das nicht gehört, wütend auf Mutter. Ich nehme die Decke auf den Arm, gehe zurück in die Küche; ich drehe mich um und mummle Baka von allen Seiten in die Decke ein. „Ist es so gut?", frage ich. „Ja, gut, und schieb noch etwas Holz in den Herd", sagt Baka. „Er ist voll", ich deute mit dem Kopf zum

Herd, in dem die feuchten Kolben laut zirpen und quiemen. Ich setze mich wieder auf die warme Holzkiste und fahre beim flackernden Licht des Herds aufmerksam fort, in der *Front* zu blättern. Mit Eselsohren habe ich markiert, wo ich aufgehört habe; seit ich neulich diese Militärzeitschrift aus Karlos Wohnung mitgenommen habe, kaufe ich regelmäßig jede Nummer; ich kaufe mir kein Sandwich, sondern spare und kaufe sie regelmäßig auf der Post. Mutter sage ich, dass Karlo sie mir geliehen hat, weil sie mich einmal gefragt hat, woher ich alle diese Militärzeitschriften im Haus habe. Ich halte die Buchstaben näher an die Blechtüren des Herds, hier ist das Licht am stärksten; mir beginnen die Augen wehzutun von solch angestrengtem Lesen. Ich halte inne, reibe mir die Stirn mit dem Unterarm und kehre auf die Seite vorher zurück, dann blättere ich auf die Seite fünf und sehe mir lange eine Panzerkolonne im Vorrücken an: in den Ohren habe ich den Widerhall ihrer stählernen Raupen. Ich schlage eine neue Seite auf, und bei den verschatteten Seiten der Zeitschrift stelle ich mir immer mehr vor, was ich sein werde, wenn ich erwachsen bin. Einmal, in der ersten Klasse der Grundschule, habe ich mit blauem Filzstift einen Automechaniker gezeichnet; alle Jungen haben einen Automechaniker gezeichnet, alle Mädchen Frisösen. In der letzten Zeit träume ich ständig davon, mich in der Militärschule anzumelden. Das ist mir eingefallen, als unlängst ein Mann mit schwarzer Aktentasche in unserer Schule erschien und sagte: „Alle, die sich in die Militärschule einschreiben, bekommen kostenlos Wohnung, Verpflegung, Bücher, Taschengeld,

Kleidung, Kino und den Stolz, der JNA anzugehören, der besten Armee auf der Welt." Danach habe ich angefangen, die *Front* noch detaillierter zu lesen; es vergeht kein Tag, an dem ich nicht die verschiedenen Waffen, Gewehre, Panzer, Granatwerfer, studiere, und zum Schluss löse ich das Kreuzworträtsel, wo es wieder viele Fragen über Waffen gibt: fast jedes Kästchen fülle ich vollständig aus. Aber ich frage mich, ob ich auch in die gewöhnliche, in die reguläre Armee aufgenommen werden würde. Ich seufze tief, ich mache die Augen zu. Mich quält, dass man für die Einschreibung in die Militärschule eine strenge ärztliche Untersuchung absolvieren muss; ich blättere in der *Front* und stelle mir vor, wie ich eines Tages in mein Dorf zurückkehre: auf meinen Schultern Epauletten mit goldenen Sternen; Vater, Mutter, Baka, meine Schwester, sie würden mich auf der Straße sehen und wie am Ende eines Kriegsfilms, wenn der Held lebendig zurückkehrt, zu mir eilen, mich umarmen, küssen; stolz. Außerdem, wenn ich ein gewöhnlicher Soldat bin, dann bin ich gesund, aber wenn ich ein Offizier bin, dann bin ich absolut gesund.

Als wenig später Mutter in die Küche kommt und Licht macht, sage ich: „Weißt du, in welche Schule ich nach der achten Klasse gehen werde?" „In welche?", fragt sie, nimmt den Teig vom Tisch und beginnt ihn mit der Flasche auszuwalzen. „In die Militärschule", sage ich. Sie sieht mich von der Seite an, mit einem Blick, als hätte sie nicht gut gehört. Baka sagt darauf aus dem Bett: „Mein Junge, wer wird dich dort nehmen, du weißt doch, was dein Großvater im Krieg war?"

Der Spiegel

Wenn ich in den Spiegel über dem Waschbecken in der Küche blicke, ist mein Kopf zu sehen; jetzt stehe ich an derselben Stelle: im Spiegel gibt es meinen Kopf überhaupt nicht mehr. So sehr bin ich in der letzten Zeit gewachsen, dass ich meinen Vater um einen halben Kopf überholt habe. Als Vater auf dem Viehmarkt im Städtchen war, bin ich auf die menschenleere Straße gegangen und habe an einem Apfelbaum mit Draht und Nägeln eine alte verrostete Fahrradfelge befestigt. Jeden Tag werfe ich da den Gummiball hinein; er ist von oranger Farbe und sieht genau so aus wie ein richtiger Basketball; mit einem Auge bleibe ich wachsam, dass Vater nicht von irgendwoher mit der Mistgabel auftaucht. Ich spiele in der Hauptsache dann, wenn er auf dem Feld ist: wenn er zu Hause ist, gibt er mir Arbeiten, nur damit ich etwas tue, sodass ich dann keine Zeit für Basketball habe. Das letzte Mal hat er von mir verlangt, dass ich stundenlang das Gras im Hof ausrupfe; wie er zu Mutter sagte, ist das nötig, damit ich mich im Leben ans Arbeiten gewöhne.

Sobald er nicht zu Hause ist, nehme ich den Ball und renne sogleich zum Korb; neulich ist er plötzlich im Krankenhaus gelandet, er wurde an der Galle operiert und ist noch dort. Dies sind für mich die besten Tage zu Hause; ich bin groß, größer als alle in der Klasse und will Basketballspieler werden. Pejo hat zu Basketball keine Lust, mit Mali will ich nicht spielen, Nenad lebt nicht mehr im Dorf, und meine Schwester ist zu klein und langweilig; ich spiele allein gegen mich selbst; ich treffe den Korb aus allen möglichen Positionen. Mutter sagt: „Es ist nur noch kurz bis zum Schulende, besser dass du dich zu den Büchern setzt." Einige Tage später kommen irgendwelche Leute zu uns ins Dorf Pilze sammeln: dies ist nun schon das dritte Mal in einer Woche, dass sie Pilze sammeln kommen; Baka hat ihnen schon beim ersten Mal alles über den gefährlichen Mörderbären erzählt, aber sie haben nur sorglos mit der Hand abgewinkt. Baka sagt: „Ja, so sind die Leute aus der Stadt, und wenn ihnen was passiert, dann sind die anderen daran schuld." Einmal steigt ein großer gebeugter Mann mit Baskenmütze aus einem weißen Mercedes, stellt sich breitbeinig hin und sieht lange von der Seite zu, wie ich spiele; wenn mir jemand zusieht, gebe ich alles. An dem Tag trifft alles, was ich Richtung Korb werfe: am Ende nehme ich den Ball und haue ihn über den Kopf rein; da kommt dieser Mann zu mir und fragt, ob ich Basketball beim *KK Kvarner* spielen möchte. Ich sage ungläubig: „Gern." Er klopft mir auf die Schulter, sagt, dass er sich bei mir melden wird, und geht mit seinem Korb ins Gehölz. Ich gehe wieder nach Hause, umarme meinen Ball, lege mich auf den Heuboden: vor Aufregung kann ich nicht einmal mehr denken; danach kann ich die ganze Nacht nicht einschlafen: ich trainiere jetzt noch heftiger, sogar nachts.

Sobald meine Leute eingeschlafen sind, stehle ich mich auf Zehenspitzen aus dem Haus, nehme den Ball und renne sogleich zum Korb. Ich kremple die Hosenbeine hoch, mache mich bis zum Gürtel frei, stundenlang renne ich mit dem Ball in der Dunkelheit umher: ich springe, ziele, treffe. Wenn es keine Sterne und keinen Mond gibt, ist auch der Korb nicht zu sehen, aber jedes Mal weiß ich am Klang, ob ich getroffen habe: ich ziele und trainiere hartnäckig; doch dieser Mann taucht einfach nicht wieder auf. Lediglich mein Vater kommt aus dem Krankenhaus zurück, wachsbleich, und sagt sofort, dass ich im Hof das Gras ausrupfen soll: ich rupfe und horche. Bei jedem Geräusch eines Autos, bei jedem Geräusch, das dem Geräusch eines Autos ähnelt, zucke ich zusammen und renne zum nächsten Hügel. Ich versuche den weißen Mercedes auszumachen, aber auf der staubigen Straße kommen lediglich die mit Baumstämmen beladenen Lastwagen. Der Mann kommt auch weiterhin nicht, und ich trainiere immer seltener; wenn ich den Ball Richtung Korb werfe, sehe ich überhaupt nicht mehr hin, ob ich getroffen habe; am Klang weiß ich, dass ich ihn verfehlt habe. Ich nehme den Ball und werfe ihn zum Trog, aus dem das Vieh trinkt: auch den gelingt es mir zu verfehlen. Später sitze ich unter dem Korb und rede mir ein, dass es mir leichter sein wird, wenn die Pilze, die der Baskenmützenmann an jenem Tag gesammelt hat, giftig waren.

Wie ein Dreieck werden

Am Morgen hat mir Karlo eine ovale braune Dose mit Proteinen und ein Fünfkilogewicht mitgebracht; er übt schon monatelang: er nimmt diese Proteine. Als er neulich im Park das T-Shirt auszog und prompt den Blick und die Pose des kupfernen Bodybuilders auf der Dose mit den Proteinen einnahm, sah ich wie gebannt auf sein Dreieck; gleich gab er mir die Adresse, wo ich die Proteine bestellen kann, aber unter der Bedingung, dass ich, wenn die drei Dosen bei mir ankommen, ihm eine zurückgebe; das kleine Gewicht hat er mir geschenkt: zwei leere Eimer voll ausgehärtetem Beton, und dazwischengeklemmt ein Holzstock; er hat sich richtige Eisengewichte gekauft. Kaum hat Klassenlehrer Mišo fertig geredet und die Notenhefte ausgeteilt, schlängle ich mich aus der Bank und gehe mit Karlo und der schweren Schultasche, die ich heute nur für die Gewichte und die Proteine brauche, zur Konditorei: dort steht Schildkrötes Motorrad geparkt, und drinnen ist außer ihm und dem Besitzer Latif niemand. „Was wollt ihr essen und trinken?", fragt uns Schildkröte. Wir setzen uns an seinen Tisch und sagen mit einer Stimme: „Baklava und Schaumschnitte." Latif raucht die Zigarette zu Ende und bringt uns mit gezwungener Liebenswürdigkeit die Kuchen; wir essen, und Schildkröte trinkt langsam seinen Kaffee. „Wo hast du Mladen?", fragt Karlo und zerteilt die Baklava mit der Gabel. Schildkröte sagt: „Er kommt in sechs Monaten wieder." Karlo sieht ihn an, als hätte er in der Baklava etwas Bitteres gefunden. „Wie denn das?", fragt er. „Er kommt wieder", sagt Schildkröte. Dann, als wünschte er darüber nicht weiter befragt zu werden, steht er auf, wirft eine Münze in die Jukebox, es erklingt: *Malaika, nakupenda, Malaika.* Schildkröte trinkt seinen Kaffee aus, bezahlt bei Latif, der hinter dem Vorhang verschwindet, dreht sich zu mir um und sagt: „Ich geh nach Hause." Ich sage: „Ich gehe auch." Wir stehen auf, und Karlo boxt mich als Gruß leicht in die Tasche auf dem Rücken.

„Wir sehen uns", sage ich zu ihm und hocke mich auf den Sitz hinter Schildkröte: er tritt mit einem heftigen Schwung des ganzen Körpers von oben den Anlasser durch: er dreht den Gasgriff auf und verstärkt den ohrenzerreißenden Klang des Motors. Wir brausen an Menschen, Häusern, Bäumen, Feldern voller zerstreuter Blumen vorbei; hinter uns bleiben Rauchringe zurück; ich fahre, ich blinzle und denke nur an eines: dass ich so bald wie möglich zu trainieren anfange; ich bin mager, ich war nie magerer. Ich bin so mager, dass es mich ekelt, mich selbst im Spiegel zu sehen: besonders mager sind meine Beine, sodass ich mich schäme, kurze Hosen zu tragen. Neulich hat Karlo vorgeschlagen, dass wir ans Meer fahren; er hat eine Freundin. Mir gefällt auch eine; jeden Tag wichse ich auf sie; sobald ich ein bisschen stärker bin, sodass ich mich in der Badehose sehen lassen kann, werde ich auch eine Freundin haben wie Karlo: um ihr im nächsten Sommer das Meer zu zeigen; der neue Körper wird mir auch bei der Musterung zupasskommen, denn ich habe gehört, dass manche total gesund sind, aber abgelehnt werden, weil sie zu mager sind; meine Beine mit den scharfen Knien ekeln auch meinen Vater: neulich sind wir ins Gehölz oberhalb des Hauses gegangen, um Holz zum Heizen herauszuziehen, da hat er den ganzen Weg über geschimpft, dass die Zweige mir die Beine zerkratzen werden, aber dann hat er sich verraten und gesagt: „Los, geh nach Haus und zieh dir eine Hose an, ich kann deine armseligen Beine nicht mehr sehen!" Als wir unter dem Dröhnen des Motorrads ins Dorf einreiten, ist das Erste, wonach ich sehe: sieht mich mein Vater? Er ist nicht da, und so klatsche ich Schildkröte leicht mit der flachen Hand auf die Schulter und laufe mit der schweren Tasche auf dem Rücken nach Hause; dort lauert mir meine Mutter auf. „Steigst du noch einmal auf dieses Motorrad, mach dich auf was gefasst", sagt sie. Ich reiche ihr schnell das Notenheft, sie blättert darin, ihr Gesicht verzieht sich zu einem Lächeln, obwohl ich ihr schon zwei Mal gesagt habe, dass ich lauter Fünfer und nur einen Vierer in Mathematik habe. Sie hätte gern, dass ich möglichst gute Noten habe, damit ich mich leichter auf dem Gymnasium in Senj einschreiben kann. Wenn Vater was trinkt, sieht er zu unserem kaputten Fernseher und erwähnt den Beruf des Feinmechanikers. Er sagt: „Fernseher reparieren, das ist die Zukunft." Es ist noch genügend Zeit bis zum Ende der Grundschule, und ich mache mir nicht allzu viele Gedanken darüber; Hauptsache, es gibt nicht zu viel Mathematik. „Ich lasse es auf dem Tisch, damit Vater die Noten sieht, wenn er kommt", sagt Mutter. Ich nicke, gehe auf mein Zimmer: ich nehme die Tasche ab und schiebe sie unters Bett. Ich warte, bis es Nacht ist, überquere den von Unkraut überwachsenen Hof von Opa Joso und trage das Gewicht in seinen Stall: ich verstecke es unter dem Heu, öffne einen Fensterflügel: die Luft ringsum ist abgestanden, so verstunken, als wäre sie tausend Jahre alt. Sobald ich am Morgen wach bin und sehe, dass Vater auf dem Feld ist, nehme ich einen leeren Kartoffelsack, fülle ihn mit Sand, binde ihn zu und schleiche mich, sodass mich niemand sieht, zum Stall. Ich ruhe mich noch einen Tag aus, in einem alten Schreibheft arbeite ich einen detaillierten Trainingsplan aus, zähle zusammen, rechne, verstricke mich völlig in die Zahlen. Am nächsten Tag öffne ich vorsichtig die Dose mit den Proteinen, schütte das braune Pulver mit dem Suppenlöffel in ein Glas Wasser, rühre um und trinke es aus; es hat einen herben Geschmack. Dann gehe ich heimlich in den Stall und fange voller Elan an zu trainieren. Jeden Tag trainiere ich: wenn ich oben bin, atme ich ein – wenn ich unten bin, atme ich aus, meine Augen flimmern vor Anstrengung; neben den Proteinen steigere ich auch die Ernährung. Ich putze alles weg, was ich zu fassen kriege, am meisten Eier. Ich nehme eine Nadel, schleiche in den Hühnerstall, steche mit der Nadelspitze zwei kleine Löcher in die Eierschale, dann führe ich es langsam an die Lippen: ich schließe die Augen und trinke, mit einem Gesichtsausdruck, wie wenn man eine bittere Medizin trinkt.

Die Ernte

Baka zieht aus dem mit Garben beladenen Wagen eine Ähre, so dick und gelb wie der Daumen meines verstorbenen Großvaters: sie reibt sie zwischen den Händen, blickt auf die glänzenden Weizenkörner und sagt: „Wie Gold." Ich nehme ein Büschel raschelndes Stroh vom Boden auf und kaue drauf herum, ich warte ungeduldig, wann wir an die Reihe kommen: meine Augen sind vor Erwartung ständig in Bewegung. Obwohl ich gerade eben alle meine Übungen absolviert habe, fühle ich mich überhaupt nicht müde; ich betaste die Muskeln an Brust, Armen, Beinen: nie waren sie härter. Dann gibt uns Joja aus Letinac mit der Hand das Zeichen, und ich fahre, die Ochsen hinter mir herziehend, den Wagen mit den Garben neben seine mit allen vier Rädern auf dem Dreschplatz fixierte Dreschmaschine; eine solche Kraft spüre ich in mir, seit ich diese Proteine trinke und trainiere, dass mir scheint, ich könnte den vollen Wagen allein mit den Händen hinter mir herziehen: ich bin stark. Nie war ich stärker. Mit wenigen Bewegungen der Riemenpeitsche trenne ich die Ochsen unterm Joch vom Wagen und binde sie zehn Meter weiter an einen ausladenden, von einem dunklen Schattenkreis umgebenen Baum. Vater hat bereits die Plattform der Dreschmaschine erklommen, Mutter wartet mit der langen Holzgabel oben auf dem Wagen, Baka, die sich wieder erholt hat, beginnt die Leinensäcke über die Blechröhren zu ziehen, wo das Korn herausrinnen wird, und ich werde das Stroh herunterwerfen; Baka breitet unter der Dreschmaschine ein weißes Laken aus, auf das die Spreu fallen wird; die kriegen nach dem Dreschen die Hühner: sollen sie sich daraus die Körner herauspicken. Joja zeigt jetzt viel energischer mit der vom Maschinenöl fettigen Hand, weil er gerade mit dem Finger etwas geschmiert hat, dass wir anfangen sollen: er ist riesig, seine Arme sind wie Ruder. Mutter wirft die erste Garbe, und Vater zerschneidet mit dem kleinen, einem schmalen Halbmond ähnelnden Messer das Strohband, mit dem die Garbe gebunden ist, und beginnt es aufzulockern und in den hungrigen Bauch der Dreschmaschine zu schütten. Die beginnt viel stärker zu trommeln, verdichtet den Lärm, und die Dampfmaschine *Aran*, mit der sie durch einen langen schwarzen Schwungriemen verbunden ist, hämmert noch stärker und verbreitet ringsum herben Dieselgeruch. Vater wiederholt immer die gleichen Bewegungen: alle wiederholen wir die gleichen Bewegungen, als wären wir ein Teil der Dreschmaschine, all dieser Zahnräder und Hebel des inneren Mechanismus, der andauernd neue Geräusche produziert; ich warte, dass die Dreschmaschine einen etwas größeren Haufen Stroh aus ihrem Rachen speit, dann trage ich ihn zu der Stelle, wo wir es, wenn wir fertig sind, auf den Wagen laden werden. Nach einer Zeit sind die Säcke bis oben hin gefüllt, sodass ich Baka zu Hilfe komme, sie zuzubinden, sie auf die Erde zu legen, durch neue zu ersetzen. Joja sagt und die Worte kommen hastig aus seinem Mund: „Schnell zu deinem Stroh, es staut sich." Ich springe hin, nehme die Heugabel und trage, unter der Last zusammensackend, das ganze Stroh weg: Joja lacht und ruft meinem Vater zu: „Mein Gott, in einem Jahr kann dich der Kleine schon verhauen!" Vater tut so, als hätte er das nicht gehört: mal ist er gebückt, mal aufgerichtet: er füttert die Dreschmaschine mit neuen Garben, er sieht zu mir, und ich strenge mich an, so viel Stroh wie möglich auf die Gabel zu packen; sein Blick lässt mich schneller werden; auch meine Schwester ist gekommen, Mutter sagt laut zu ihr, sie solle sofort wieder nach Hause gehen, denn der Fuchs könnte kommen und uns die Hühner hinmachen. Meine Schwester kommt ganz nahe an die Dreschmaschine heran, und Vater schreit von oben und spuckt den Staub aus, der sich ihm an die Zunge geklebt hat: „Geh sofort nach Hause, du kommst in den Riemen!" Zuerst schüttelt sie unsere wütenden Blicke nur ab, erst als Baka ihr mit der Rute droht, geht sie nach Hause; sie watschelt wie eine Ente Fuß vor Fuß, als wollte sie es sich jeden Moment anders überlegen. Mutter wirft Vater die letzte Garbe zu, steigt vom leeren Wagen und sagt: „Ich gehe jetzt zum Haus das Essen aufsetzen." Vater sagt: „Dann bring auch ein Bier aus dem Kühlschrank mit." Auch wir zwei klettern herunter und schieben den leeren Wagen – er lenkt mit der Deichsel, ich stemme mich hinten dagegen – neben den angewachsenen Haufen Stroh. Joja gibt schon mit der Hand ein Zeichen, dass ein neuer Wagen mit Garben neben die Dreschmaschine gefahren werden soll: Baka hat das Laken mit der Spreu drunter hervorgezogen, noch einmal klaubt sie unter der Dreschmaschine auf. Dann helfe ich Vater die Kornsäcke zur Waage tragen, ich schleppe sie auf dem Rücken, als wären sie federleicht. Joja holt die Gewichte; der Eisenschnabel der Waage bewegt sich andauernd rauf und runter; ich und Vater reden nichts, wir tragen die Säcke einträchtig zwischen uns zu unserem Wagen.

Später sitzen wir bei den Ochsen und warten, dass Mutter kommt und wir anfangen können, das Stroh aufzuladen. Vater säubert sein Ohr von der Spreu, ich schaue zur Baumkrone über meinem Kopf hinauf, in der die Vögel zwitschern, die aber wegen des Lärms nur schwach zu hören sind; man sollte vielleicht in die Baumkrone hinaufklettern, um zu sehen, wo Mutter bleibt; die Dreschmaschine dröhnt: andauernd kommen neue, ganz verschiedene Geräusche herausgepoltert. Zu uns hat sich auch die müde Baka gesellt. Sie nimmt das Kopftuch ab, klopft die Spreu von den Ärmeln und bindet sich das Tuch neu. Da taucht hinter der Dreschmaschine plötzlich Mutter auf. Als sie aus dem Korb zwei beschlagene Faschen Bier, drei Gläser und den Öffner hervorholt, sagt Vater mit belegter Stimme: „Und wo ist das Bier für ihn?" Mutter sieht ihn an und sagt: „Für dich ist die hier, und wir drei werden uns diese eine teilen." Er sagt zu ihr mit derselben ruhigen belegten Stimme: „Jetzt geh mal nach Haus und bring ihm ein ganzes Bier." Mutter lachen die Augen; sie stellt den Korb neben den Fuß und verschwindet durch den Vorhang aus Spreu.

Beklemmung

Ich habe mir den Sandsack auf den Rücken gepackt und mache langsame Kniebeugen: mein Herz klopft heftig. Als ich drei Serien abgearbeitet habe, japse ich nach Luft und befühle meine Beinmuskeln. Dann ruft mich Vater, dass wir aufs Feld gehen: zum Glück bin ich fertig, ich verstecke den Sack und das Gewicht im Heu, ziehe ein trockenes T-Shirt an und gehe zu dem Feld, das mit frischen Weizenschwaden bedeckt ist. Kaum angekommen, laufe ich schon: ich trage die Garben übers Feld, stelle je vier zu Kegeln zusammen, die wir *stave* nennen. Vater hat sich unter einen Busch gesetzt, aus dem Dickicht Weidenzweige herausgezogen, mit dem Daumen prüft er die Klinge des Messers: aus ihnen wird er neue Zinken für die Heugabel machen; meine Schwester wirft sich mit dem ganzen Körper in die aufgestellten Garben, sie wirft sie um, sodass Vater brüllt: „Wenn du nicht mithelfen willst, brauchst du auch nicht abzuhelfen." Sie sucht im Gras nach Grillen, sie horcht auf ihr wiederkehrendes Zirpen. Mutter und Baka flechten aus den zähen Weizenhalmen neues Tauwerk für die Garben, so geschickt, als würden sie Mädchenzöpfe flechten, dann sagt Mutter zu Baka, sie solle nach Hause gehen, Brot backen; Baka richtet sich mühsam auf und geht langsam nach Hause, eine Hand hält sie auf dem Rücken; meine Schwester läuft ihr nach und ruft: „Warte auf mich!“ Es sind noch ein Dutzend Garben übrig geblieben: ich nehme je drei in jede Hand und gehe. Am Ende ziehe ich mein verschwitztes T-Shirt über den Kopf, lege mich ins Gras und verfolge, wie sich mein Brustkorb vor Atemlosigkeit schneller hebt und senkt; langsam komme ich zu Atem. Mutter sieht mich über die Schulter, wie ich daliege, und sagt: „Lieg nicht so heiß auf der Erde, geh ins Bett und ruh dich ein bisschen aus.“ Vater sagt: „Von was soll er sich denn ausruhen?“ Mutter wischt sich das verschwitzte Gesicht mit dem Saum des Kopftuchs und sagt: „Lass ihn sich ein bisschen ausruhen.“ Ich stehe auf und sage im Weggehen, dass ich nach Hause gehe, um mich doch ein bisschen auszuruhen. Vater zieht eine Raspel aus der Tasche, bearbeitet mit ihr die Zinken und sagt: „Dann gehen wir am Nachmittag zur Dreschmaschine.“ Ich nicke, gehe, lehne mich an den Zaun und gehe wieder langsam weiter; wieder habe ich mich ermüdet, als wäre ich kilometerweit gelaufen. Ich betrete mein Zimmerchen, lege mich aufs Bett; ich atme schwer, als wäre mein Herz in Gummi eingeschlossen; ich liege im Bett, ich stehe nicht auf, ich gehe nicht aus dem Zimmer. Die ganze Nacht mache ich kein Auge zu; ich kriege keine Luft. Vater fragt draußen: „Wo ist er?“ Mutter sagt: „Er schläft.“ Er sagt: „Dann weck ihn, eine Schande, dass er bis mittags schläft.“ Mutter sagt: „Lass ihn, der Arme hat sich diese Tage abgearbeitet.“ Dann kommt sie ins Zimmer, bleibt stehen, wartet, dass ich die Augen aufmache, und fragt: „Was ist mit dir?“ „Ich bin ein bisschen müde“, sage ich und schließe wieder die Augen. Sie geht hinaus, kehrt aber besorgten Schritts wieder zurück, auch meine Schwester kommt, und Baka, und hinter ihnen späht Vater herein, gegürtet mit einem Strick, an dem der hölzerne Köcher mit dem Schleifstein für die Sense hängt. „So, wir gehen zur Dreschmaschine, wenn ich ein bisschen Gras gemäht habe", sagt er, als wäre das schon beschlossene Sache. Dann nestelt er wieder an dem Schleifstein herum, als ich ihm sage, dass ich mich noch ein bisschen ausruhen möchte. Er hat den Schleifstein an der Hüfte richtig positioniert und murmelt in den Köcher: „Wo hast du deine Jugend?" Am Nachmittag kommt die Tante aus Zagreb: ich höre, wie sie und Mutter in der Küche tratschen, aber als die Tante nach mir fragt, sagt Mutter nur kurz: „Er hat viel gearbeitet und sich bei der Arbeit übernommen." Dann kommt die Tante zu mir: rasch verstecke ich mich hinter den Augenlidern, ich stelle mich schlafend, aber sie hat schon etwas aus der Tasche genommen und flüstert Mutter zu: „Da, das sollen sich er und die Kleine teilen." Mutter nimmt das Etwas, stellt es auf das Nachtschränkchen neben meinem Kopf und sagt: „Er braucht es mehr." Ich blinzle und stelle mir vor, dass das die Zaubermedizin ist, die mir helfen wird. Die Tante geht kurz danach zum Autobus, und ich erspähe mit einem Auge das Rahat-lokum auf dem Schränkchen: ein süßlicher Würfel, bestreut mit Staubzucker. Nur einmal habe ich Rahat-lokum gegessen, es war mir zu süß, aber dieses Mal möchte ich es so rasch wie möglich aufessen, denn ich bin mir sicher, dass im selben Augenblick, in dem ich es verschluckt habe, meine

Leiden vergehen werden. Vater schreckt mich draußen auf, er sagt: „Da hätte das Fräulein ruhig mal alte Sachen anziehen können und uns ein bisschen helfen, und nicht gleich zum Bus!" Mutter sagt: „Lass sie, sie hat ihre eigenen Sorgen." Er antwortet schroff: „Und ich habe meine!" Angetrieben von Vaters Stimme, nehme ich das Rahat-lokum, stopfe es mir mit der flachen Hand auf einmal in den Mund: ich kaue, schlucke und warte, dass es zu wirken beginnt.

Das Herz

Ich nehme alle meine Kräfte zusammen und gehe aufs Klosett; die Hände halte ich an der Brust, damit ich leichter gehen kann, aber mein Herz schlägt diese paar Meter so, als hätte ich eines in jedem Finger. Auf dem Rückweg sehe ich im Spiegel: ein lebendes Gerippe. Mit beiden Händen fahre ich mir übers Gesicht und nach hinten durchs Haar, das sich den Händen widersetzt; es sieht so aus, als wäre an mir lediglich noch das Haar lebendig. Als wenig später Mutter geräuschlos in mein Zimmer kommt, nehme ich rasch die Hand von der Brust; noch immer warte ich, dass alles das vorübergeht, leidend und auf irgendwelche Zeichen der Besserung hoffend. Ich stelle mir vor, wie ich in ein paar Stunden ums Haus laufe, als wäre nichts passiert, ich winke lässig mit der Hand ab und erkläre: „Nur eine dumme Grippe." Mutter hat eine Rindsuppe auf mein Nachtschränkchen gestellt, die noch dampft; auf dem anderen Teller ein geriebener Apfel. „Soll ich es dir geben?", fragt sie und hat die dicke Suppe schon mit dem Löffel geschöpft. Ich sage nur, dass sie den Vorhang zuziehen soll, weil mich das Licht blendet. Sie legt den Löffel in den Teller zurück, zieht den Vorhang zu und fragt mit leiser Stimme: „Wie geht es dir heute?" Ich blinzle und sage: „Gut." Als sie hinausgeht und die Tür hinter sich schließt, kommt es mich an, dass ich mit lauter Stimme hinter ihr herrufe, dass sie mich zum Doktor bringen, egal zu welchem, sie sollen mich aufschneiden, mir Tabletten geben, nur damit das hier endlich aufhört. Nach ein paar Minuten kommt sie wieder herein, mir scheint, dass ihre schwarzen Tränensäcke noch größer geworden sind; sie setzt sich auf den Bettrand, legt mir die Hand auf die Stirn, sie ist warm und rau wie eine Kuhzunge, und fragt mich leise: „Jetzt sag mir, wo genau tut es dir weh?" Ich drehe mich auf die andere Seite und sage leise: „In der Brust." Sie sitzt regungslos, steht auf und geht hinaus; dann beginnt sie im Hof laut Vater zu rufen. Ich höre nicht, worüber sie sprechen, aber ich höre, dass sie sich flüsternd streiten, Vater fährt sie im nächsten Moment an: „Mach nicht grundlos in Panik!" Mutter kommt wieder ins Zimmer, sie hat vergessen, eine Träne abzuwischen; hinter ihr späht Vater herein. „Hörst du", sagt er zu ihr und sieht mich aus dem Augenwinkel an. „Zlatko ist gerade im Dorf, warum sieht er sich ihn nicht mal an?" Mutter wischt sich noch eine Träne ab, sieht ihn an und sagt: „Und wo ist er?" In ihr Gespräch fädelt sich plötzlich Baka ein, in einer Hand hält sie einen Holzlöffel, ihre andere ist lässig an die Hüfte gelegt; diese Hand an der Hüfte sticht von allem in diesem Zimmer ab. „Er ist ein noch besserer Doktor als ein richtiger Doktor, die Tiere können ja nicht sagen, wo es ihnen wehtut", sagt sie, und Mutter fährt sie an: „Dann ruft ihn doch, dass er kommt!" Sie gehen hinaus, bald höre ich draußen Veterinär Zlatko: „Wo ist er, ich komme schon!"

Er kommt ins Zimmer marschiert: er trägt ein dunkelblaues Holzfällerhemd mit einer Reihe Metallknöpfe, geht zum Fenster, zieht den Vorhang auf, und jeder seiner Knöpfe leuchtet einzeln auf im Licht. Sofort macht er das Fenster sperrangelweit auf und sagt: „In diesem Gestank würde auch der Gesundeste krank werden." Er bleibt über mich gebeugt stehen: hinter ihm stehen, regungslos und zusammengedrängt, Vater, Mutter und Baka, auch meine Schwester kommt angerannt. Veterinär Zlatko sieht mich an. „Was ist denn los?", fragt er. „Ich habe keine Kraft", es gelingt mir kaum, die Worte mit der Zunge über die trockene Lippe zu schieben. „Lass die Kraft", sagt er. „Tut dir irgendwo was weh?" Ich zeige mit der Hand auf die Brust. „Wie tut es dir weh?", fragt er und kraust die Stirn. „Es erstickt mich", presse ich hervor. Veterinär Zlatko dreht sich um, sieht meinen Vater an und sagt mit gedämpfter Stimme: „Bring ihn zum Doktor." Beim Hinausgehen wiederholt er viel lauter: „Bring ihn morgen unbedingt zum Doktor!" Er geht hinaus, und ihm nach gehen wortlos Vater, Baka, Schwester: nach ein paar Minuten auch Mutter, die wieder zu weinen begonnen hat. Als sie die Tür hinter sich geschlossen hat, presse ich die Augen fester zu, ich versuche zu atmen, ein Atemzug, ein zweiter Atemzug, und etwas später wie in einem Wunder sehe ich durch das Dunkel, wie sich die Welt langsam verändert: hinter jedem Baum, groß, verzweigt, wie der Baum aus dem Märchen, kommt ein Hauch frischer Luft: auf einmal bin ich so leicht, so durchsichtig, dass ich durch den dichten roten Farn halb gehe, halb schwebe; ich atme den betäubenden Duft der Blumen ein; um sie herum flattern bunte Schmetterlinge. Auf einem uralten Baum mit zerfurchter Borke, durch deren Kerben honiggelbes duftendes Harz rinnt, sitzt ein Vogel und singt. Ich gehe und sehe mich um, als würde ich durch das Rohr mit den bunten Glassplittern schauen, das Mali von seinem Vater mitgebracht bekommen hat: so sieht wohl der Paradiesgarten aus; ich erschrecke: vielleicht bin ich gestorben. Dann wache ich auf und bemerke Mutter: sie steht in der Ecke und schluchzt leise. Ich würde ihr gern etwas sagen, aber ich finde die Worte nicht. Wieder geht sie bedrückt hinaus; sie schwindet dahin und zieht das Schluchzen mit sich; vielleicht war sie überhaupt nicht hier. Später richte ich mich auf und schleppe mich zum Klosett. Draußen höre ich, wie jemand schneller atmet. Ich sehe durch das schmale Fensterchen, ich schaue genauer: da sitzt mein Vater gebeugt und mit bebenden Schultern auf dem Hackblock und weint.

Der Wald

Mir geht es besser; das hatte ich Mutter sagen wollen, aber sie ist heute früh mit Vater weggefahren. Ich habe aus dem Fenster gesehen, wie sie wegfuhren; sie spannten die Ochsen ins Joch, sie setzte sich hinten auf den Wagen, das Gesicht voll schmerzlicher Gedrücktheit. Er sah entweder niedergeschlagen zu Boden oder finster zur Seite, dann knallte er heftig aus dem Ellbogen heraus mit der Peitsche über die Ochsen hin. Medo bellte und jaulte, als hätte ihn dieser Schlag getroffen; lange war er nicht frei herumgelaufen, sodass sich Vater endlich doch erbarmte, zurückkehrte, ihn losband und zu ihm sagte: „Lauf!" Ich komme aus dem Bett und sehe wieder aus dem Fenster; Baka geht mit dem Korb in der Hand zum Feld, hinter ihr geht meine Schwester. Kurz darauf kleide ich mich an, ziehe die Schuhe an, gehe auf den Hof hinaus; draußen sind zwei Sonnen, eine im Fensterglas, die andere hoch oben am Himmel. Der Tag ist so weiß, so hell, als wollte es nie mehr dunkel werden; ich stehe mitten im Hof und atme das Licht ein. Ich sehe aus dem Augenwinkel zu jenem Fenster, wo eben noch die Sonne war – jetzt ist sie hinter einer kleinen Wolke verschwunden; lange starre ich auf das Fenster, die Sonne kommt wieder heraus, und ich verliere mich in dem gleißenden Licht;

ich beginne langsam um das Haus herumzugehen, das Gehen zu üben, mich zu lockern, ich trabe mit meinem Schatten. Meine Schritte sind kurz, unsicher, aber ich kann voll durchatmen; der Gedanke an das Gummi ums Herz herum bereitet mir noch Unwohlsein: je tiefer ich einatme, desto weniger denke ich daran. Einmal mache ich sogar ein paar kleine Laufschritte, ich setze mich auf den Rand des Trogs, dann verspüre ich plötzlich Hunger. Ich gehe in die Küche: der Topf mit Kraut und Fleisch ist an den Rand des Herds geschoben; ich esse und sehe dabei den Schatten an der Wand zu. Wie ich ihnen länger zusehe, verwandeln sie sich in die Silhouette des Bären. Nach dem letzten Bissen stehe ich auf, recke mich, und mir scheint, dass ich mit jeder neuen Bewegung wieder der Alte werde. Ich gehe in Vaters Zimmer. Ich steige auf die Zehenspitzen und nehme das Jagdgewehr von der Wand: aus dem braunen, ledernen Patronengurt, der am selben Nagel hängt, nehme ich zehn Patronen, alle rot – für den Bären. Ich stopfe sie tief in die Hosentasche, werfe mir das Gewehr über die Schulter und steige bergan über die Wiesen, die so glattrasiert sind, als hätte sie mein Großvater gemäht; ich bleibe stehen, nehme das Gewehr von der Schulter, kippe den Lauf, es verneigt sich tief vor dem Wald: in die blitzenden Läufe werfe ich zwei Patronen. Mit dem Daumen prüfe ich, ob sie gut eingerastet sind; ich klappe das Gewehr zusammen; dieses Geräusch – klick – ermutigt mich zusätzlich. Ich werfe es mir wieder über die Schulter und folge dem ausgetretenen Pfad: dann raschelt plötzlich etwas im Gebüsch, und ich trete rasch einen Schritt zurück. Schnell nehme ich das Gewehr ab und ziele in die Richtung, aus der das Geräusch gekommen ist: als es noch einmal raschelt und die Bäume um mich herum voller Erwartung sind, trete ich noch einen halben Schritt zurück und presse den Kolben stärker gegen die Schulter; ich denke sofort an den Bären, an seinen klaffenden Kiefer, die scharfen Zähne voller Geifer. Der gekrümmte Zeigefinger an dem einen Abzug und der Mittelfinger am anderen, denn diese russische Bockdoppelflinte hat zwei Abzüge, einen für jeden Lauf, sie übertragen die Spannung auf meinen ganzen Körper; ich werde ihm im selben Moment beide Ladungen in den Kopf jagen; schon sehe ich ihn, wie er in einer großen Blutlache liegt. Da kommt eine schwarze Amsel mit gelbem Schnabel aus dem Busch, sie stöbert mit den Beinchen im Laub. Ich atme auf und gehe weiter: mit dem Gewehr im Anschlag. Längst bin ich an der Wiese vorüber, auf der ich mit Pejo und Nenad einmal Steine von der Schulter gestoßen habe; gäbe es diesen Bären nicht, wären sie trotzdem nicht mehr im Wald; Pejo hat jetzt nur eine Kuh, die er nahe am Haus weidet, Nenad wohnt schon lange nicht mehr im Dorf, er ist auch Vater geworden, und Mali lebt jetzt bei seinem Vater in der Schweiz; ich bleibe stehen, setze das Gewehr ab, das mir in den Händen langsam schwer wird, und beschließe, zum ersten Mal seit ich aufgebrochen bin, nicht weiterzugehen; das Laub der Bäume um mich herum flirrt, und dieses Zittern erhöht noch die Angst und bestärkt mich in dem Entschluss zurückzukehren: jetzt schreite ich stärker aus und halte das Gewehr noch fester vor mich; der

Gedanke an den toten Bären treibt mich vorwärts; ich werde nicht umdrehen, bevor ich ihn nicht getötet habe; nachdem ich eine Zeit lang im Wald voller Mischholz umhergeirrt bin, bleibe ich vor einem Felsspalt stehen, schlürfe sein Wasser. Ich lausche, sehe mich um, über mich: in den Ästen des Baums springen die Siebenschläfer. Ich will so rasch wie möglich eine sonnige Lichtung finden, eine wie die, auf der ich und Vater damals auf das Reh gewartet haben, mich einnisten, auf den Bären warten. Ich gehe, stapfe bald über Moos, bald über dicke Lagen alten Laubs: die Zweige unter meinen Sohlen knacken wie Fußknöchelchen. Ringsum die Füße der Riesenbäume: ich kann mich kaum hindurchschlagen. Je tiefer ich eindringe, desto dichter wird der Wald, desto finsterer. Er nimmt kein Ende; kein Ende nimmt dieser dichte Wald.

Anmerkungen

Seite 7, *Baka:* Großmutter.

Seite 11, *Veliki-Blek-Comic:* ursprünglich italienischer Comic *(Il Grande Blek),* der in Jugoslawien u. a. als *Veliki Blek* erschienen ist.

Seite 23, *fićo:* „kleiner Fiat"; jugoslawischer Kleinwagen Zastava 750.

Seite 32, *stojadin:* „hundert Leiden"; Verballhornung des Fiat Zastava 101 (101 = sto jedan) aus Kragujevac.

Seite 41, *Baba Vuna:* Oma Wolle.

Seite 44, *Nara:* populärer Orangensprudel der Firma Badel.

Seite 49, *mali:* klein.

Seite 61, *und versucht den Einser zu löschen ... er will einen Zweier drüberschreiben:* In Jugoslawien wurde eine Notenskala von 5 (ausgezeichnet) bis 1 (ungenügend) verwendet, die auch in den Nachfolgestaaten beibehalten wurde.

Seite 62, *Pony-Fahrrad:* legendäres Mini-Fahrrad der slowenischen Firma Rog.

Seite 69, *„Pička ti materina, da ti pička materina stara!":* Mutterfotze, du alte Mutterfotze.

Seite 73, *kolibri:* Motorroller der Firma minimoto.

Seite 95, *JNA:* Jugoslawische Volksarmee.

Seite 101, *Po šumama i gorama:* von der Roten Armee übernommenes Partisanenlied: „Durch die Wälder, über die Berge".

Seite 109, *Malaika, nakupenda, Malaika:* „Engel, ich liebe dich, Engel"; es handelt sich um die von Boney M. gesungene Version.

Seite 111, *Mirko und Slavko:* Comicstrip über zwei Partisanenkuriere.

Inhalt

Der Weg 5

Ballspiele 8

Das Mittagessen 13

Etwas auf Rädern 17

Die Atombombe schläft 22

Kraut stampfende Frauen 27

Hier wohnt der Bär 30

Anweisung zum Schweineschlachten 34

Durst 40

Mein Freund, der Indianer 46

Die Soldaten 49

Kino 53

Die Jagd 57

Der Ausflug 61

Wohin das Wasser geht 66

Der Tod 70

Vor dem Regen 75

Kühe wie Ballons 80

Der Fernseher 84

Baba Vuna 88

In der großen Stadt 94

Das verstimmte Klavier 100

Legenden 104

Malaika, nakupenda, Malaika 109

Die 113

Das Krankenhaus 115

Ein Blick aus dem Panzer 120

Der Spiegel 123

Wie ein Dreieck werden 126

Die Ernte 130

Beklemmung 134

Das Herz 138

Der Wald 142

Anmerkungen 146

Die Drucklegung erfolgte mit freundlicher Unterstützung durch die
Abteilung für deutsche Kultur in der Südtiroler Landesregierung.

AUTONOME
PROVINZ
BOZEN
SÜDTIROL

PROVINCIA
AUTONOMA
DI BOLZANO
ALTO ADIGE

Deutsche Kultur

Der Verlang dankt dem Ministerium für Kultur der Republik Kroatien
für die Unterstützung der Übersetzung.

Republika
Hrvatska
Ministarstvo
kulture
Republic
of Croatia
Ministry
of Culture

TransferBibliothek CXLVI

Die Originalausgabe ist 2016 unter dem Titel *Sjećanje šume* im Verlag Sandorf, Zagreb, erschienen.
© 2016 Damir Karakaš
This translation of *Sjećanje šume* is published by arrangement with Ampi Margini Literary Agency
and with the authorization of Damir Karakaš.

Lektorat: Joe Rabl
Umschlaggestaltung und Grafik: Arnold Dall'O & Freunde
Druckvorbereitung: Typoplus, Frangart
Printed in Europe

ISBN 978-3-85256-787-7

www.folioverlag.com

E-Book-ISBN 978-3-99037-098-8